선생님과 함께 읽는 오발탄

물음표로 찾아가는 한국단편소설 09

선생님과 함께 읽는 **오발탄**

전국국어교사모임 지음 · 이철민 그림

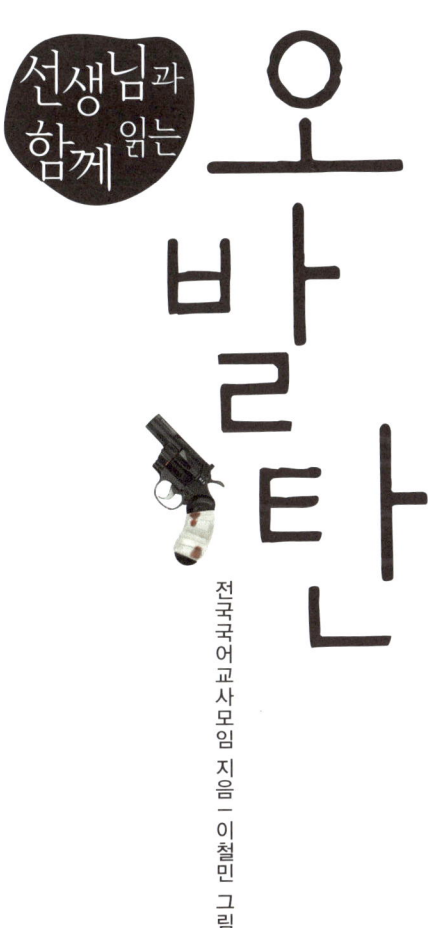

Humanist

'물음표로 찾아가는 한국단편소설' 시리즈를 펴내며

문학 교육은 아이들이 꿈을 꾸게 하기 위해 필요합니다. 그러나 요즘의 문학 교육은 참고서와 문제집을 통해서만 이루어지고 있습니다. 그래서 문학 수업은 엉뚱한 상상도 발랄한 질문도 없는 밍밍하고 지루한 시간이 되어 버렸습니다. 상상의 여지가 사라지고 질문이 없는 수업은 아이들을 질리게 하고 문학을 말라 죽게 합니다. 그렇다면 어떻게 해야 문학 교육을 살릴 수 있을까요?

무엇보다 학생들이 스스로 생각을 열어 질문을 만들 수 있게 해야 합니다. 매우 상식적인 일이지만, 우리 교육 환경에서는 잘 이루어지기가 어렵습니다. 그래서 전국국어교사모임은 학생들이 스스로 생각을 열고 엉뚱한 상상과 발랄한 질문을 할 수 있는 마중물을 붓기로 했습니다. 이는 말라 버린 문학뿐 아니라 아이들의 메마른 마음에도 물을 붓는 일이 될 것입니다.

교과서에 실린 의미 있는 작품을 골랐습니다 중·고등학교 국어 교과서나 문학 교과서에 실린 단편소설 가운데 오랫동안 많은 사람들에게 널리 읽힌 작품을 골랐습니다. 교과서에 실렸다는 것은 중·고등학생들에게 유용한 작품이라는 것이고, 오래 널리 읽혔다는 것은 재미나 감동, 그리고 생각거리 면에서 어느 하나는 사람들의 마음에 들었음을 뜻하기 때문입니다.

전국의 학생들에게 물었습니다 전국에 있는 수많은 학생에게 소설을 읽혀 보고, 그들이 궁금해 하는 것을 모았습니다. 그리고 나서 의미 있는 질문거리들을 일정한 방식으로 배열했습니다.
현직 국어 선생님들이 물음에 답했습니다 전국의 국어 선생님 100여 분이 다양한 책과 논문을 살펴본 다음 질문에 대한 답을 했습니다. 이런 과정을 통해 보다 보편적인 작품의 의미에 접근하고자 했습니다.
교육 과정과의 연관성을 고려했습니다 수업 현장에서 또는 학생 스스로 이용할 수 있도록 했습니다. '깊게 읽기'에서는 인물, 사건, 배경, 주제 등 작품과 직접 관련되는 내용을 다루었으며, '넓게 읽기'에서는 작가, 시대상, 독자 이야기 등을 살펴볼 수 있도록 했습니다.

'물음표로 찾아가는 한국단편소설' 시리즈는 다양하고 깊이 있는 생각을 이끌어 낼 수 있는 소설 감상의 안내서 구실을 할 것입니다. 또한 작품에 대한 해석과 이해의 차원을 넘어서 문화적·사회적·역사적 정보를 폭넓고 다양하게 제시함으로써 문학 감상 능력을 향상시켜 줄 뿐만 아니라, 문학과 가까워질 수 있는 기회를 제공해 줄 것입니다.

전국국어교사모임

머리말

오발탄(誤發彈) 〔명사〕 잘못 쏜 탄환.

국어사전에 나와 있는 것처럼 '오발탄'은 '잘못 쏜 탄환'이라는 뜻이에요. 가야 할 목표 지점을 벗어나 엉뚱한 곳에 박혀 버린 탄환을 말하지요. 그래서 오발탄은 불필요하게 탄알을 한 발 낭비한 것에 불과하답니다.

  이범선의 단편 소설인 〈오발탄〉은 한국 전쟁 직후를 시대적 배경으로 해요. 전쟁이 끝나고 난 후 전쟁의 상처가 아직 아물지 않은 상태의 아픔을 고스란히 드러내고 있는 작품이지요. 이 작품의 주인공인 '철호'는 가족을 부양하기 위해 자신을 희생하며 열심히 살았지만 역설적이게도 가난을 얻었고, 그 가난 때문에 아내를 잃었으며, 동생을 감옥에 보내야 했습니다. 철호는 그런 자신을 '오발탄'이라고 생각하지요. 목표와 방향을 잃어버린…….

  그런데 철호와 같은 오발탄이 그 당시에만 존재한 것일까요?

  가만히 생각해 보면 우리도 오발탄이 될 수 있습니다. 여러분이 그렇게 공부에 매달리며 사는 이유도 어쩌면 오발탄이 되기 싫어 발버둥치는 것일지 모르겠습니다. 좋은 대학과 직장, 높은 연봉이라는 목표에 정확히 가서 꽂히기 위해 대한민국 모든 학생들이 경주를 하고 있는 것이라고 하면 지나친 표현일까요?

세상은 계속 철호처럼 오발탄을 만들어 냅니다. 아주 오래전에 쓰인 소설이 아직까지도 읽히고 또한 읽혀야 하는 이유는 이 때문입니다. 한 편의 소설을 읽는다는 것은 그 소설을 통해 현재 우리의 삶을 보기 위함이니까요.

이 책을 읽으면서 여러분 주위를 한번 둘러보세요. 가깝게는 여러분의 아버지와 어머니를 보고, 그런 다음 친구의 부모님을 보고, 친척을 보고, 조금 더 눈을 돌려 사회를 보세요. 소설 속 주인공 '철호'는 책 속에 나오는 사람이 아니라 바로 내 옆에 있을지도 모릅니다. 다만 내가 그것을 보지 못하고 있을지도 모르지요.

남예래, 최수진, 이지현, 임승희,
임성빈, 정현아, 유미, 한성찬, 유정열

차례

'물음표로 찾아가는 한국단편소설' 시리즈를 펴내며 4
머리말 6

작품 읽기 〈오발탄〉_이범선 11

깊게 읽기 묻고 답하며 읽는 〈오발탄〉

1_ 무기력하고 비참한 삶
'해방촌'이 무엇인가요? 67
'화신 구경'이 무엇인가요? 70
왜 철호를 '원시인'이라고 했나요? 73
딸아이는 왜 신발을 계속 만지작거릴까요? 75
철호는 왜 명숙이의 구멍 난 양말을 보고 애정을 느꼈을까요? 77
아내의 모습이 예전과 달라진 까닭은 무엇인가요? 80

2_ 분단과 전쟁의 굴레
'양공주'가 무엇인가요? 85
철호는 왜 어머니에게 '자유'를 설명하지 못하나요? 88
전쟁에서 다친 사람들에게 아무런 보상도 없었나요? 92

왜 철호 어머니는 자꾸만 "가자!"라고 하나요?   94
철호 어머니는 왜 '무너뎄는데'라고 말할까요?   96
'오발탄'이 무엇인가요?   98

3_ 기댈 곳 없는 마음
철호와 영호는 왜 갈등을 일으키나요?   103
왜 명숙이는 어머니 손을 잡고 우나요?   108
'인정선'이 무엇인가요?   110
철호는 아내가 죽었는데 왜 슬퍼하지 않나요?   112
철호는 왜 아내가 죽은 후 이를 두 개나 뺐나요?   116
철호는 죽은 것일까요?   120

넓게 읽기 작품 밖 세상 들여다보기

작가 이야기 – 이범선의 생애와 작품 연보, 작가 더 알아보기   124
시대 이야기 – 1955~1960년   130
엮어 읽기 – '한국 전쟁'을 소재로 한 소설   132
다시 읽기 – 어머니가 "가자!"라고 외치는 곳은 어디일까?   138

참고 문헌   143

작품 읽기

오발탄

이범선

 계리사 사무실 서기 송철호는 여섯 시가 넘도록 사무실 한구석 자기 자리에 멍청하니 앉아 있었다. 무슨 미진한 사무가 있는 것도 아니었다. 장부는 벌써 집어치운 지 오래고 그야말로 멍청하니 그저 앉아 있는 것이었다. 딴 친구들은 눈으로 시곗바늘을 밀어 올리다시피 다섯 시를 기다려 휙딱 나가 버렸다. 그런데 점심도 못 먹은 철호는 허기가 나서만이 아니라 갈 데도 없었다.
 "송 선생은 안 나가세요?"
 이제 청소를 해야 할 테니 그만 나가 달라는 투의 사환 애의 말에 철호는 다 낡아 빠진 해군 작업복 저고리 호주머니에 깊숙이 찌르고 있던 두 손을 빼내어서 무겁게 책상 위에 올려놓았다.
 "나가야지."
 하품 같은 대답이었다.
 사환 애는 저쪽 구석에서부터 비질을 하기 시작하였다. 먼지가 사정없이 철호의 얼굴로 몰려왔다.
 철호는 어슬렁 일어섰다. 이쪽 모서리 창가로 갔다. 바께쓰의 물

을 대야에 따랐다. 두 손을 끝에서부터 가만히 물속에 담갔다. 아직 이른 봄이라 물이 꽤 손끝에 시렸다. 철호는 물속에 잠긴 두 손을 물끄러미 내려다보고 있었다. 펜대에 시달린 오른손 장지 첫 마디에 콩알만 한 못이 박혔다. 그 못에서 파란 명주실 같은 것이 사르르 물속으로 풀려났다. 잉크. 그것은 잠시 대야 밑바닥을 기다 말고 사뿐히 위로 떠올라 안개처럼 연하게 피어서 사방으로 번져 나갔다. 손가락 끝을 중심으로 하고 그 색의 농도가 점점 연해져 나갔다. 맑게 갠 가을 하늘 색으로 대야 가장자리까지 번져 나간 그것은 다시 중심의 손끝을 향해 접어들며 약간 진한 파랑색으로 달무리 모양 둥글한 원을 그렸다.

'피! 이건 분명히 피다!'

철호는 엉뚱한 생각을 하고 있었다. 슬그머니 물속에서 손을 빼내었다. 그러자 이번엔 대야 밑바닥에 한 사나이의 얼굴을 보았다. 철호의 눈을 마주 쳐다보는 그 사나이는 얼굴의 온 근육을 이상스레 히물히물 움직이며 입을 비죽거려 웃고 있었다.

이마에 길게 흐트러진 머리카락, 그 밑에 우묵하니 패인 두 눈, 깎아진 볼, 날카롭게 여윈 턱, 송장처럼 꺼멓고 윤기 없는 얼굴, 그것은 까마득한 원시인의 한 사나이였다.

몽둥이 끝에, 모난 돌을 하나 칡넝쿨로 아무렇게나 잡아매서 들고, 동굴 속에 남겨 두고 나온 식구들을 위하여 온종일 숲 속을 맨발로 헤매고 다니던 사나이.

곰? 그건 용기가 부족하다.

멧돼지? 힘이 모자란다.

노루? 너무 날쌔어서.

꿩? 그놈은 하늘을 난다.

토끼? 토끼. 그래, 고놈쯤은 꽤 때려잡음 직하다. 그런데 그것마저 요즈음은 뫃에 잘 돌아오지 않는다. 사냥꾼이 너무 많다. 토끼보다도 더 많다.

그래도 무어든 들고 들어가야 하는 것이다.

사나이는 바위 잔등에 무릎을 꿇고 앉아 냇물에 손을 씻는다. 파란 물속에 빨간 노을이 잠겼다. 끈적끈적하게 사나이의 손에 묻었던 피가 노을빛보다 더 진하게 우러난다.

무엇인가 때려잡은 모양이다. 곰? 멧돼지? 노루? 꿩? 토끼?

그런데 사나이가 들고 일어선 것은 그 어느 것도 아니었다. 보기에도 징그러운 내장. 그것이 무슨 짐승의 내장인지는 사나이 자신도 모른다. 사나이는 그 짐승의 머리도 꼬리도 못 보았다. 누군가가 숲 속에 끌어내어 버린 것을 주워 오는 것이었다.

철호는 옆에 놓인 비누를 집어 들었다. 마구 두 손바닥으로 비볐다. 우구구 까닭 모를 울분이 끓어올랐다.

빈 도시락마저 들지 않은 손이 홀가분해 좋긴 하였지만, 해방촌 고개를 추어 오르기에는 배 속이 너무 허전했다.

산비탈을 도려내고 무질서하게 주워 붙인 판잣집들이었다. 철호는 골목으로 접어들었다. 레이션 곽을 뜯어 덮은 처마가 어깨를 스칠 만치 비좁은 골목이었다. 부엌에서들 아무 데나 마구 버린 뜨물이, 미끄러운 길에는 구공탄 재가 군데군데 헌데 더뎅이 모양 깔렸다.

어딘지 골목 막다른 곳에, 무던 시멘트 부대 종이를 왼 질로 얼기설기 문살에 얽어맨 철호네 집 방문이 보였다. 철호는 때에 절어서 마치 가죽끈처럼 된 헝겊이 달린 문걸쇠를 잡아당겼다. 손가락이라도 드나들 만치 엉성한 문이면서 찌걱찌걱 집혀서 잘 열리지를 않았다. 아래가 잔뜩 집힌 채 비틀어진 문틈으로 그의 어머니의 소리가 새어 나왔다.

"가자! 가자!"

미치면 목소리마저 변하는 모양이었다. 그것은 이미 그의 어머니의 조용하고 부드럽던 그 목소리가 아니고, 쨍쨍하고 간사한 게 어떤 딴 사람의 목소리였다.

문을 열고 들어서는 철호의 얼굴에 걸레 썩는 냄새 같은 것이 확 풍겨 왔다. 철호는 문 안에 들어선 채 우두커니 아랫목을 내려다보고 있었다.

중학교 시절에 박물관에서 미라를 본 일이 있었다. 그건 꼭 솜 누더기에 싸 놓은 미라였다. 흰 머리카락은 한 오리도 제대로 놓인 것이 없었다. 그대로 수세미였다. 그 어머니는 벽을 향해 돌아누워서 마치 딸꾹질처럼 어떤 일정한 사이를 두고, '가자 가자' 하는 외마디 소리를 지르고 있었다. 그 해골 같은 몸에서 어떻게 그런 쨍쨍한 소리가 나오는지 이상하였다.

철호는 윗방으로 올라가 털썩 벽에 기대어 앉아 버렸다. 가슴에 커다란 납덩어리를 올려놓은 것 같았다. 정말 엉엉 소리를 내어 울고 싶었다. 눈을 꼭 지르감으며 애써 침을 삼켰다.

두 달 전까지만 해도 철호는 저녁때 일터에서 돌아오면, 어머니야 알아듣건 말건 그래도 '어머니, 지금 돌아왔습니다.' 하고 인사를 하곤 하였었다. 그러나 요즈음은 그것마저 안 하게 되었다. 그저 한참 물끄러미 굽어보고 섰다가 그대로 윗방으로 올라와 버리는 것이었다.

컴컴한 구석에 앉아 있던 철호의 아내가 슬그머니 일어섰다. 담요 바지 무릎을 한쪽은 꺼멍, 또 한쪽은 회색으로 기웠다. 만삭이 되어서 꼭 바가지를 엎어 놓은 것 같은 배를 안은 아내는 몽유병자처럼 철호의 앞을 지나 나갔다. 부엌으로 나가는 것이었다. 분명 벙어리는 아닌데 아내는 말이 없었다.

"아버지."

철호는 누가 꼭대기를 쿡 쥐어박기나 한 것처럼 흠칫했다.

바로 옆에 다섯 살 난 딸애가 눈을 동그랗게 뜨고 철호를 쳐다보고 있었다. 철호는 어린것에게로 얼굴을 돌렸다. 웃어 보이려는 철호의 얼굴이 도리어 흉하게 이지러졌다.

"나아, 삼춘이 나이롱 치마 사 준댔다."

"응."

"그리구 구두두 사 준댔다."

"응."

"그러면 나 엄마하고 화신 구경 간다."

"……."

철호는 그저 어린것의 노랗게 뜬 얼굴을 바라보고 있을 뿐이었다. 철호의 헌 셔츠 허리통을 잘라서 위에 끈을 꿰어 스커트로 입은 딸애는 짝짝이 양말 목달이에다 어디서 주운 것인지 가는 고무줄을 끼었다.

"가자! 가자!"

아랫방에서 또 어머니의 그 저주 같은 소리가 들려왔다. 벌써 칠 년을 두고 들어 와도 전연 모를 그 어떤 딴 사람의 목소리.

철호는 또 눈을 꼭 감았다. 머릿속의 뇟줄이 팽팽히 헤어졌다. 두 주먹으로 무엇이건 콱 때려 부수고 싶은 충동에 철호는 어금니를 바서져라 맞씹었다.

좀 춥기는 해도 철호는 집 안보다 이 바위 잔등이 더 좋았다. 그래 철호는 저녁만 먹으면 언제나 이렇게 집 뒤 산등성이에 있는 바위 위에 두 무릎을 세워 안고 앉아서 하염없이 거리의 등불들을 바라보며 밤 깊기를 기다리는 것이었다. 어느 거리쯤인지 잘 분간할 수 없는 저 밑에서, 술 광고 네온사인이 핑그르르 돌고 깜빡 꺼졌다가 또 번뜩 켜지고, 핑그르르 돌고는 깜빡 꺼지고 하였다.

철호는 그저 언제까지나 그렇게 그 네온사인을 지켜보고 있었다.

바위 잔등이 차츰차츰 식어 왔다. 마침내 다 식고 겨우 철호가 깔고 앉은 고 부분에만 약간 온기가 남았다. 이제 조금만 더 있으면 밑이 시려 올 것이다. 그러면 철호는 하는 수 없이 일어서야 하는 것이다.

드디어 철호는 일어섰다. 오래 까부려 붙이고 있던 두 다리가 저렸다. 두 손을 작업복 호주머니에 깊숙이 찔렀다. 철호는 밤하늘을 한번 쳐다보았다. 지금까지 바라보던 밤거리보다 더 화려하게 별들이 뿌려져 있었다. 철호는 그 많은 별들 가운데서 북두칠성을 찾아보았다. 머리를 뒤로 젖혀 하늘을 쳐다보는 채 빙그르르 그 자리에서 돌았다. 거꾸로 달린 물주걱 같은 북두칠성은 쉽사리 찾아낼 수 있었다. 그 북두칠성 앞에 딴 별들보다 좀 크고 빛나는 별, 그건 북극성이었다. 철호는 지금 자기가 서 있는 지점과 북극성을 연결하는 직선을 밤하늘에 길게 그어 보았다. 그리고 그 선을 눈이 닿는 데까지 연장시켰다. 철호는 그렇게 정북(正北)을 향하여 한참이나 서 있었다. 고향 마을이 눈앞에 떠올랐다. 마을의 좁은 길까지, 아니 그 길에 박혀 있던 돌 하나까지도 선히 볼 수 있었다.

으시시 몸이 떨렸다. 한기가 전기처럼 발끝에서 튀어 콧구멍으로 빠져나갔다. 철호는 크게 자채기를 하였다. 그리고 또 한 번 부르르 몸을 떨며 바위 밑으로 내려왔다.

철호는 천천히 골목 안으로 들어섰다.

"가자!"

철호는 멈칫 섰다. 낮에는 이렇게까지 멀리 들리는 줄은 미처 몰랐던 어머니의 그 소리가 골목 어귀에까지 들려왔다.

"가자!"

그러나 언제까지 그렇게 골목에 서 있을 수도 없는 노릇이었다. 철호는 다시 발을 옮겨 놓았다. 정말 무거운 발걸음이었다. 그건 다리가 저려서만이 아니었다.

"가자!"

철호가 그의 집 쪽으로 걸음을 옮겨 놓을 때마다 그만치 그 소리는 더 크게 들려왔다.

가자는 것이었다. 돌아가자는 것이었다. 고향으로 돌아가자는 것이었다. 옛날로 되돌아가자는 것이었다. 그것은 이렇게 정신 이상이 생기기 전부터 철호의 어머니가 입버릇처럼 되풀이하던 말이었다.

삼팔선. 그것은 아무리 자세히 설명을 해 주어도 철호의 늙은 어머니에게만은 아무 소용없는 일이었다.

"난 모르겠다. 암만 해도 난 모르겠다. 삼팔선. 그래 거기에다 하늘에 꾹 닿도록 담을 쌓았단 말이냐 어쨌단 말이냐. 제 고장으로 제가 간다는데 그래 막는 놈이 도대체 누구란 말이냐."

죽어도 고향에 돌아가서 죽고 싶다는 철호의 어머니였다. 그러고는,

"이게 어디 사람 사는 게냐. 하루이틀도 아니고."

하며 한숨과 함께 무릎을 치며 꺼지듯이 풀썩 주저앉곤 하는 것이었다.

그럴 때마다 철호는,

"어머니, 그래도 남한은 이렇게 자유스럽지 않아요?"

하고, 남한이니까 이렇게 생명을 부지하고 살 수 있지, 만일 북한 고향으로 간다면 당장에 죽는 것이라고, 자유라는 것이 얼마나 소중한 것인가를, 갖은 이야기를 다 예로 들어 가며 어머니에게 타일러 보는 것이었다. 그러나 자유라는 것을 어머니에게 이해시키기란 삼팔선을 인식시키기보다도 몇백 갑절 더 힘드는 일이었다. 아니 그것은 거의 불가능한 일이라 했다. 그래 끝내 철호는 어머니에게 자유라는 것을 설명하는 일을 단념하고 말았다. 그렇게 되고 보니 철호의 어머니에게는 아들─지지리 고생을 하면서도 고향으로 돌아갈 생각만은 죽어도 하지 않는 철호가 무슨 까닭인지는 몰라도 늙은 에미를 잡으려고 공연한 고집을 피우고 있는 천하에 고약한 놈으로만 여겨지는 것이었다.

그야 철호에게도 어머니의 심정이 이해되지 않는 것은 아니었다.

무슨 하늘이 알 만치 큰 부자는 아니었지만 그래도 꽤 큰 지주로서 한 마을의 주인 격으로 제법 풍족하게 평생을 살아오던 철호의 어머니 눈에는 아무리 그녀가 세상을 모른다고는 해도, 산등성이를 악착스레 깎아 내고 거기에다 게딱지 같은 판잣집을 다닥다닥 붙여 놓은 이 해방촌이 이름 그대로 해방촌일 수는 없는 노릇이었다.

"나두 내 나라를 찾았다게 기뻐서 울었다. 엉엉 울었다. 시집올 때 입었던 홍치마를 꺼내 입구 춤을 추었다. 그런데 이 꼴 좋다. 난 싫다. 아무래두 난 모르겠다. 뭐가 잘못됐건 잘못된 너머 세상이디 그래."

철호의 어머니 생각에는 아무리 해도 모를 일이었던 것이었다. 나라를 찾았다면서 집을 잃어버려야 한다는 것은, 그것은 정말 알 수 없는 일이었던 것이었다.

철호의 어머니는 남한으로 넘어온 후로 단 하루도 이 '가자'는 말을 하지 않은 날이 없었다.

그렇게 지내 오던 그날, 육이오 사변으로 바로 발밑에 빤히 내려다보이는 용산 일대가 폭격으로 지옥처럼 무너져 나가던 날, 끝내 철호는 어머니를 잃어버리고 말았던 것이었다.

"큰애야 이젠 정말 가자. 데것 봐라. 담이 홈싹 무너뎄는데. 삼팔선의 담이 데렇게 무너뎄는데. 야."

그때부터 철호의 어머니는 완전히 정신 이상이었다. 지금의 어머니, 그것은 이미 철호의 어머니는 아니었다. 아무리 따져 보아도 그것이 철호 자기의 어머니일 수는 없었다. 세상에 아들딸마저 알아보지 못하는 어머니가 있을 수 있는 것일까? 그날부터 철호의 어머니는,

"가자! 가자!"

하고 저렇게 쨍쨍한 목소리로 외마디소리를 지를 뿐 그 밖의 모든 것을 완전히 잃어버리고 있었다. 철호에게 있어서 지금의 어머니는 말하자면 어머니의 시체에 지나지 않았다.

뚫어진 창호지 구멍으로 그래도 희미한 불빛이 새어 나오고 있었다. 철호는 윗방 문을 열었다. 아랫방과 윗방 사이 문턱에 위태롭게 올려놓은 등잔이 개똥벌레처럼 가물거리고 있었다. 윗방 아랫목에는 딸애가 반듯이 누워서 잠이 들었다. 담요를 몸에다 돌돌 말고 반듯이 누운 것이 꼭 송장 같았다. 그 옆에 철호의 아내가 두 무릎

을 꿇고 앉아 있었다. 꺼먼 헝겊과 회색 헝겊으로 기운 담요 바지 무릎 위에는 빨강색 유단으로 만든 조그마한 운동화가 한 켤레 놓여 있었다. 철호가 방 안에 들어서자 아내는 그 어린애의 빨간 신발을 모두어 자기 손바닥에 올려놓아 철호에게 들어 보였다.

"삼촌이 사 왔어요."

유난히 살눈썹이 긴 아내의 눈이 가늘게 웃었다. 참으로 오래간만에 보는 아내의 웃음이었다. 자기가 미인이었다는 것을 잊어버리고 만 지 오랜 아내처럼, 또 오래 보지 못하여 거의 잊어버려 가던 아내의 웃는 얼굴이었다.

철호는 등잔이 놓인 문턱 가까이 가서 앉으며 아내의 손에서 빨간 어린애의 신발을 받아 눈앞에서 아래위를 살펴보았다.

"산보 갔었소?"

거기 등잔불을 사이에 두고 윗방을 향해 앉은 철호의 동생 영호가 웃으며 철호를 쳐다보았다.

"언제 들어왔니?"

"지금 막 들어와 앉는 길입니다."

그러고 보니 영호는 아직 넥타이도 끄르지 않고 있었다.

"형님!"

새삼스레 부르는 동생의 소리에 철호는 손에 들었던 어린애의 신발을 아내에게 돌리며 영호의 얼굴을 뻔히 바라보았다.

"이제 우리두 한번 살아 봅시다. 제길, 남 다 사는데 우리라구 밤낮 이렇게만 살겠수. 근사한 양옥도 한 채 사구, 장기판만 한 문패에다 형님의 이름 석 자를, 제길 장님도 보게 써서 대못으로 땅땅 때려 박구 한번 살아 봅시다."

군대에서 나온 지 이 년이 넘도록 아직 직업도 못 잡은 영호가 언제나 술만 취하면 하는 수작이었다.

"그리구 이천만 환짜리 세단 차도 한 대 삽시다. 거기다 똥통이나 신고 다니게. 모든 새끼들이 아니꼬와서. 일이야 있건 없건 종일 빵빵 울리면서 동리를 들락날락해야지. 제길. 하하하."

비스듬히 벽에 기대어 앉은 영호는 벌겋게 열에 뜬 얼굴을 하고 담배 연기를 푸 내뿜었다.

"또 술 마셨구나."

고학으로 고생고생 다니던 대학 삼 학년에서 군대에 들어갔다가 나온 영호로서는, 특별한 기술이 없이 직업을 잡지 못하는 것은 별 도리도 없는 노릇이라 칠 수도 있었지만, 이건 어디서 어떻게 마시는 것인지 거의 저녁마다 이렇게 취해 들어오는 동생 영호가 몹시 못마땅한 철호의 말이었다.

"네, 조금 했습니다. 친구들이……."

그것도 들으나 마나 늘 같은 대답이었다. 또 그것이 거짓말이 아니라는 것도 철호는 알고 있었다.

"이제 술 좀 그만 마셔라."

"친구들과 어울리면 자연히 마시게 되는걸요."

"글쎄, 그러니까 그 어울리는 걸 좀 삼가란 말이다."

"그럴 수도 없구요. 하하하."

"그렇다구 언제까지 그저 그렇게 어울려서 술이나 마시면 뭐가 되나."

"되긴 뭐가 돼요. 그저 답답하니까 만나는 거구, 만나면 어찌어찌 하다 한잔씩 하며 이야기나 하는 거죠 뭐."

"글쎄, 그게 맹랑한 일이란 말이다."

"그렇지만 형님! 그런 친구들이라도 있다는 게 좋지 않수? 그게 시시한 친구들이라 해도. 정말이지 그놈들마저 없었더라면 어떻게 살 뻔했나 하고 생각할 때가 많아요. 외팔이, 절름발이 그런 놈들. 무식한 놈들, 참 시시한 놈들이지요. 죽다 남은 놈들. 그렇지만 형님, 그놈들 다 착한 놈들이야요. 최소한 남을 속이지는 않거든요. 공갈을 때릴망정. 하하하하. 전우, 전우."

영호는 고개를 뒤로 젖히고 천장을 향해 후 담배 연기를 내뿜었다. 철호는 그저 물끄러미 영호의 모습을 쳐다볼 뿐 아무 말도 없었다. 영호는 여전히 천정을 향한 채 피어오르는 연기를 바라보며 한 손으로 목의 넥타이를 앞으로 잡아당겨 반쯤 끌러 늦추어 놓았다.

"가자!"

아랫목에서 어머니가 소리를 질렀다.

영호는 슬그머니 아랫목으로 고개를 돌렸다. 한참이나 그렇게 어머니 쪽으로 고개를 돌리고 있는 영호는 아무 말도 없이 그저 눈만 껌뻑껌뻑 하고 있었다.

철호는 길게 한숨을 쉬었다. 앞에 놓인 등잔불이 거물거물 춤을 추었다. 철호는 저고리 호주머니에서 담배를 꺼내었다. 꼬기꼬기 구겨진 파랑새 갑 속에서 담배를 한 개비 뽑아내었다. 바삭바삭 마른 담배는 양 끝이 반쯤 빠져나갔다. 철호는 그 양 끝을 비벼 말았다. 흡사 비가 모양으로 되었다. 철호는 그 비가 모양의 담배 한 끝을 입에다 물었다.

"이걸 피슈, 형님."

영호가 자기 앞에 놓였던 담뱃갑을 집어서 철호의 앞으로 내밀었다. 빨간색 양담배 갑이었다. 철호는 그 여느 것보다 좀 긴 양담배 갑을 한 번 힐끔 쳐다보았을 뿐, 아무 소리도 없이 등잔불로 입에 문 파랑새 끝을 가져갔다. 영호는 등잔불 위에 꾸부린 형 철호의 어깨를 넌지시 바라보고 있었다. 지지지 소리가 났다. 앞이마에 흐트러져 내렸던 철호의 머리카락이 등잔불에 타며 또르르 말려 올랐다. 철호는 얼굴을 들었다. 한 모금 빨자 벌써 손끝이 따갑게 꽁초가 되어 버린 담배를 입에서 떼었다. 천천히 연기를 내뿜는 철호의 미간에는 세로 석 줄의 깊은 주름이 패어졌다. 영호는 들었던 담뱃갑을 도루 방바닥에 내려놓았다. 그리고 조용히 등잔불로 시선을 떨구었다. 그의 입가에서 야릇한 웃음이 애달픈, 아니 그 누군가를 비웃는 듯한 그런 미소가 천천히 흘러 지나갔다.

한참 동안 아무도 말이 없었다.

"가자!"

아랫방 아랫목에서 몸을 뒤채는 어머니가 잠꼬대를 했다. 어머니는 이제 꿈속에서마저 생활을 잃어버린 모양이었다. 아주 낮은 그 소리는 한숨처럼 느리게 아래위 방에 가득 차 흘러 사라졌다.

여전히 아무도 말이 없었다.

철호는 꽁초를 손끝에 꼬집어 쥔 채 넋 빠진 사람 모양 가물거리는 등잔불을 지켜보고 있었고, 동생 영호는 비스듬히 벽에 기대어 앉은 채 철호의 손끝에서 타고 있는 담배꽁초를 바라보고 있었고,

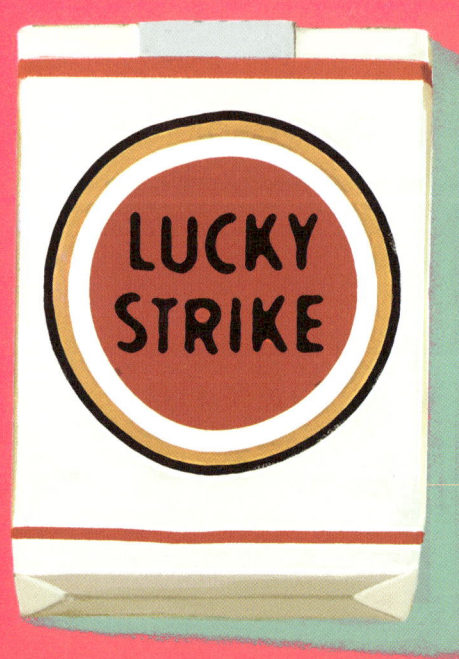

철호의 아내는 잠든 딸애의 머리맡에 가지런히 놓인 빨간 신발을 요리조리 매만지고 있었다.

"가자!"

또 한 번 어머니의 소리가 저 땅 밑에서 새어 나오듯이 들려왔다.

"형님은 제가 이렇게 양담배를 피우는 게 못마땅하지요?"

영호는 반쯤 탄 담배를 자기의 눈앞에 가져다 그 빨간 불띠를 들여다보며 말했다.

"분에 맞지 않지."

철호는 여전히 등잔불을 바라보며 대답했다.

"그렇지만 형님, 형님은 파랑새와 양담배와 두 가지 중에서 어느 것이 더 좋으슈?"

"……? 그야 양담배가 좋지. 그래서?"

그래서 너는 보리밥도 못 버는 녀석이 그래 좋은 것은 알아서 양담배를 피우는 거냐, 하는 철호의 눈초리가 번뜩 영호의 면상을 때렸다.

"그래서 전 양담배를 택했어요."

"뭐가?"

"형님은 절 오해하시고 계셔요."

"……?"

"제가 무슨 돈이 있어서 양담배를 사서 피우겠어요. 어쩌다 친구들이 사 주는 것이니 피우는 거지요. 형님은 또 제가 거의 저녁마다 술을 마시고 또 제법 합승을 타고 들어오는 것도 못마땅하시죠? 저도 알고 있어요. 형님은 때때로 이십오 환 전찻삯도 없어서

종로서 근 십 리를 집에까지 터덜터덜 걸어서 돌아오시는 것을. 그렇지만 형님이 걸으신다고 해서, 한사코 같이 타고 가자는 친구들의 호의, 아니 그건 호의도 채 못 되는 싱거운 수작인지도 모르죠. 어쨌든 그것을 굳이 뿌리치고 저마저 걸어야 할 아무 까닭도 없지 않습니까? 이상한 놈들이죠. 술, 담배는 사 주고 합승은 태워 줘도 돈은 안 주거든요."

영호는 손끝으로 뱅글뱅글 비벼 돌리는 담뱃불을 들여다보며 말했다.

"어쨌든 너도 이젠 좀 정신 차려 줘야지. 벌써 군대에서 나온 지도 이태나 되지 않니."

"정신 차려야죠. 그렇지 않아도 이달 안으로는 어찌 되든 간에 결판을 내구 말 생각입니다."

"어디 취직을 해야지."

"취직이요? 형님처럼요? 전찻삯도 안 되는 월급을 받고 남의 살림이나 계산해 주란 말이지요?"

"그럼 뭐 별 뾰족한 수가 있는 줄 아니."

"있지요. 남처럼 용기만 조금 있으면."

"......?"

어처구니없는 영호의 수작에 철호는 그저 멍청하니 영호의 얼굴을 쳐다보았다. 손끝이 따가웠다. 철호는 비루 깡통으로 만든 재떨이에 담배를 비벼 껐다.

"용기?"

"네. 용기."

"용기라니?"

"적어도 까마귀만 한 용기만이라도 말입니다. 영리할 필요는 없더군요. 우둔해도 상관없어요. 까마귀는 도무지 허수아비를 무서워하지 않습니다. 참새처럼 영리하지 못한 탓으로 그놈의 까마귀는 애당초에 허수아비를 무서워할 줄조차 모르거든요."

영호의 입가에는 좀 전에 파랑새 꽁초에다 불을 당기는 철호를 바라보던 때와 같은 야릇한 웃음이 또 소리 없이 감돌고 있었다.

"너, 설마 무슨 엉뚱한 계획을 세우고 있는 것은 아니겠지?"

철호는 약간 긴장한 얼굴을 하고 영호를 바라보며 꿀꺽 하고 침을 삼켰다.

"아니요. 엉뚱하긴 뭐가 엉뚱해요. 그저 우리들도 남처럼 다 벗어던지고 홀가분한 몸차림으로 달려 보자는 것이죠 뭐."

"벗어던지고?"

"네. 벗어던지고. 양심이고, 윤리고, 관습이고, 법률이고 다 벗어던지고 말입니다."

영호의 큰 두 눈이 유난히 빛나는가 하자 철호의 눈을 정면으로 밀고 들었다.

"양심이고, 윤리고, 관습이고, 법률이고?"

"……"

"너는, 너는……"

"……"

영호는 아무 대답도 하지 않았다. 그러나 눈만은 똑바로 형 철호를 쳐다보고 있었다.

"그렇게나 살자면 이 형도 벌써 잘살 수 있었다."

철호의 목소리는 떨리고 있었다.

"그렇게나라니요?"

"양심을 버리고, 윤리와 관습을 무시하고, 법률까지도 범하고!"

흥분한 철호의 큰 목소리에 영호는 지금까지 철호의 얼굴에 주었던 시선을 앞으로 죽 뻗치고 앉은 자기의 발끝으로 떨구었다.

"저도 형님을 존경하고 있어요. 고생하시는 형님을. 용케 이 고생을 참고 견디는 형님을. 그렇지만 형님은 약한 사람이야요. 용기가 없는 거지요. 너무 양심이 강해요. 아니 어쩌면 사람이 약하면 약한 만치, 그만치 반대로 양심이란 가시는 여물고 굳어지는 것인지도 모르죠."

"양심이란 가시?"

"네. 가시지요. 양심이란 손끝의 가십니다. 빼어 버리면 아무렇지도 않은데 공연히 그냥 두고 건드릴 때마다 깜짝깜짝 놀라는 거야요. 윤리요? 그건 나이롱 빤쓰 같은 것이죠. 입으나 마나 불알이 덜렁 비쳐 보이기는 매한가지죠. 관습이요? 그건 소녀의 머리 위에 달린 리본이라고나 할까요? 있으면 예쁠 수도 있어요. 그러나 없대서 뭐 별일도 없어요. 법률? 그건 마치 허수아비 같은 것입니다. 허수아비……. 덜 군은 바가지에다 되는 대로 눈과 코를 그리고 수염만 크게 그린 허수아비. 누더기를 걸치고 팔을 쩍 벌리고 서 있는 허수아비. 참새들을 향해서는 그것이 제법 공갈이 되지요. 그러나 까마귀쯤만 돼도 벌써 무서워하지 않아요. 아니 무서워하기는커녕 그놈의 상투 끝에 턱 올라앉아서 썩은 흙을 쑤시던 더러운 주둥이를 쓱쓱 문질러도 별일 없거든요. 흥."

영호는 코웃음을 쳤다. 그리고 거기 문턱 밑에 담뱃갑에서 새로 담배를 한 개 빼어 물고 지금까지 들고 있던 다 탄 꽁다리에서 불을 옮겨 빨았다.

"가자!"

어머니의 그 소리가 또 들렸다. 어머니는 분명히 잠이 들어 있는 것이었다. 그러면서도 간간이 저렇게 '가자, 가자' 소리를 지르는 것이었다. 그것은 어쩌면 어머니에게는 호흡처럼 생리화해 버린 것인지도 몰랐다.

철호는 비스듬히 모로 앉은 동생 영호의 옆얼굴을 한참이나 노려보고 있었다. 영호는 영호대로 퀭한 두 눈으로 깜박이기를 잊어버린 채 아까부터 앞으로 뻗힌 자기의 발끝을 바라보고 있었다. 이윽고 철호는 영호에게서 눈을 돌려 버렸다. 그리고 아랫방과 윗방 사이 칸막이를 한 널 쪽에 등을 기대며 모로 돌아앉았다. 희미한 등잔 불빛에 잠든 딸애의 조그마한 얼굴이 애처로웠다. 그 어린것 옆에 앉은 철호의 아내는 왼쪽 무릎을 세우고 그 위에 손을 펴 깔고 턱을 괴었다. 아까부터 철호와 영호, 형제가 하는 말을 조용히 듣고만 있는 그네는 무엇을 생각하고 있는지 한쪽 손끝으로, 거기 방바닥에 가지런히 놓은 빨간 어린애의 신발만 몇 번이고 쓸어 보고 있었다.

철호는 고개를 푹 떨구어 턱을 가슴에 묻었다. 영호는 새로 피워 문 담배를 연거푸 서너 번 들이빨았다. 그리고 또 말을 계속하였다.

"저도 형님의 그 생활 태도를 잘 알아요. 가난하더라도 깨끗이 살자는. 그렇지요, 깨끗이 사는 게 좋지요. 그런데 형님 하나 깨끗하기 위하여 치루는 식구들의 희생이 너무 어처구니없이 크고 많단 말입니다. 헐벗고 굶주리고. 형님 자신만 해도 그렇죠. 밤낮 쑤시는 충치 하나 처치 못하시고. 이가 쑤시면 치과에 가서 치료를 하거나 빼어 버리거나 해야 할 거 아니야요. 그런데 형님은 그것을 참고 있어요. 낯을 잔뜩 찌푸리고 참는단 말입니다. 물론 치료비가 없으니까 그러는 수밖에 없겠지요. 그겁니다. 바로 그겁니다. 그 돈을 어떻게든가 구해야죠. 이가 쑤시는데 그럼 어떻게 해요. 그걸 형님처럼, 마치 이 쑤시는 것을 참고 견디는 그것이 돈을—치료비를 버는 것이기나 한 것처럼 생각하는 것. 안 쓰는 것은 혹 버는 셈이 된다고 할 수도 있을 거야요. 그렇지만 꼭 써야 할 데 못 쓰는 것이 버는 셈이라고는 할 수 없지 않아요. 세상에는 이런 세 층의 사람들이 있다고 봅니다. 즉, 돈을 모으기 위해서만으로 필요 이상의 돈을 버는 사람과, 필요하니까 그 필요하니 만치의 돈을 버는 사람과, 또 하나는 이건 꼭 필요한 돈도 채 못 벌고서 그 대신 생활을 조리는 사람들. 신발에다 발을 맞추는 격으로. 형님은 아마 그 맨 끝의 층에 속하겠지요. 필요한 돈도 미처 벌지 못하는 사람. 깨끗이 살자니까 그럴 수밖에 없다고 하시겠지요. 그래요, 그것은 깨끗하기는 할지 모르죠. 그렇지만 그저 그것뿐이지요. 언제까지나 충치가 쏘아 부은 볼을 싸쥐고 울상일 수밖에 없지요. 그렇지 않습니까? 그야 형님! 인생이 저 골목 안에서 십 환짜리를 받고 코 흘리는 어린애들에게 보여 주는 요지경이라면야 자기가 가지고 있는 돈값만치 구멍으로 들여다보고 말 수도 있겠지요. 그렇지만 어디 인생이 자기 주머니 속의 돈 액수만치만 살고, 그만두고 싶으면 그만둘 수 있는 요지경인가요 어디. 돈만치만 먹고 말 수 있는 그런 편리한 목구멍인가요 어디. 싫어도 살아야 하니까 문제지요. 사실이지 자살을 할 만치 소중한 인생도 아니고요. 살자니까 돈이 필요하구요. 필요한 돈이니까 구해야죠. 왜 우리라고 좀 더 넓은 테두리, 법률선까지 못 나가란 법이 어디 있어요. 아니 남들은 다 벗어던지구 법률선까지도 넘나들면서 사는데, 왜 우리만이 옹색한 양심의 울타리 안에서 숨이 막혀야 해요. 법률이란 뭐야요. 우리들이 피차에 약속한 선이 아니야요?"

영호는 얼굴을 번쩍 들며 반쯤 끌러 놓았던 넥타이를 마자 끌러서 방 구석에 픽 던졌다.

철호는 여전히 턱을 가슴에 푹 묻은 채 묵묵히 앉아 두 짝 다 엄지발가락이 몽땅 밖으로 나온 뚫어진 양말을 내려다보고 있었다. 나일론 양말을 한 켤레 사면 반년은 무난히 뚫어지지 않고 견딘다는 말은 들었다. 그러나 뻔히 알면서도 번번이 백 환짜리 무명 양말을 사 들고 들어오는 철호였다. 칠백 환이란 돈을 단번에 잘라 낼 여유가 도저히 없는 월급이었던 것이다.

"가자!"

어머니는 또 몸을 뒤채었다.

"그건 억설이야."

철호는 천천히 고개를 들었다. 신문지를 바른 맞은편 벽에, 쭈그리고 앉은 아내의 그림자가 커다랗게 비쳐 있었다. 꼽추처럼 꼬부리고 앉은 아내의 그림자는 헝클어진 머리카락이 괴물스러웠다. 철호는 눈을 감았다. 머리마저 등 뒤 칸막이 판자에 기대었다.

철호의 감은 눈 앞에 십여 년 전 아내가 흰 저고리 까만 치마를 입고 선히 나타났다. 무대에 나선 그녀는 더욱 예뻤다. E 여자대학

졸업 음악회였다. 노래가 끝나자 박수 소리가 그칠 줄을 몰랐다. 그 날 저녁 같이 거리를 거닐던 그네는 정말 싱싱하고 예뻤었다. 그러나 지금 철호 앞에 쭈그리고 앉은 아내는 그때의 그네가 아니었다. 무슨 둔한 동물처럼 되어 버린 그네. 이제 아무런 희망도 가져 보려고 하지 않는 아내. 철호는 가만히 눈을 떴다. 그래도 아내의 살눈썹만은 전처럼 까맣고 길었다.

"가자!"

철호는 흠칠 놀라 환상에서 깨어났다.

"억설이요? 그런지도 모르죠."

한참이나 잠잠하니 앉아 까물거리는 등잔불을 바라보던 영호의 맥 빠진 대답이었다.

"네 말대로 한다면 돈 있는 사람들은 다 나쁜 사람이란 말밖에 더 되나 어디."

"아니죠. 제가 어디 나쁘고 좋고를 가렸어요. 나쁘긴 누가 나빠요? 왜 나빠요? 아, 잘사는 게 나빠요? 도시 나쁘고 좋고부터 따질 아무런 금도 없지요 뭐."

"그렇지만 지금 네 말로는 잘살자면 꼭 양심이고 윤리고 뭐고 다 버려야 한다는 것이 아니고 뭐야."

"천만에요. 잘못 이해하신 겁니다. 간단히 말씀드리면 이렇다는 것입니다. 즉, 양심껏 살아가면서 잘살 수도 있기는 있다. 그러나 그것은 극히 적다. 거기에 비겨서 그 시시한 것들을 벗어던지기만 하면 누구나 틀림없이 잘살 수 있다."

"그것이 바로 억설이란 말이다. 마음 한구석이 어딘가 비틀려서

하는 억지란 말이다."

"글쎄요. 마음이 비틀렸다고요? 그건 아마 사실일는지 모르겠어요. 분명히 비틀렸어요. 그런데 그 비틀리기가 너무 늦었어요. 어머니가 저렇게 미치기 전에 비틀렸어야 했지요. 한강 철교를 폭파하기 전에 말입니다. 하나밖에 없는 누이동생 명숙이가 양공주가 되기 전에 비틀렸어야 했지요. 환도령이 내리기 전에. 하다못해 동대문 시장에 자리라도 한 자리 비었을 때 말입니다. 그러구 이놈의 배때기에 지금도 무슨 내장이기나 한 것처럼 박혀 있는 파편이 터지기 전에 말입니다. 아니 그보다도 더 전에, 제가 뭐 무슨 애국자나처럼 남들이 다 기피하는 군대에 어머니의 원수를 갚겠노라고 자원하던 그 전에 말입니다."

"……."

"……. 그보다도 더 전에 썩 전에 비틀렸어야 했을지 모르죠. 나면서부터 비틀렸더라면 더 좋았을지도 모르죠."

영호는 푹 고개를 떨구었다. 길게 한숨을 내쉬었다. 그 한숨이 후르르 떨고 있었다. 철호는 한참 동안 아무 말도 하지 않았다. 윗목에 앉아 있던 철호의 아내가 방바닥에 떨어진 눈물을 손끝으로 장난처럼 문지르고 있었다. 영호도 훌쩍훌쩍 코를 들이키고 있었다.

"그렇지만 인생이란 그런 게 아니야. 너는 아직 사람이란 어떻게 살아야만 하는 것인지조차도 모르고 있어."

"그래요. 사람이란 과연 어떻게 살아야 하는 것인지는 정말 모르겠어요. 그렇지만 이제 이 물고 뜯고 하는 마당에서 살자면, 생명만이라도 유지하자면 어떻게 해야 할는지는 알 것 같애요. 허허."

영호는 눈물이 글썽하니 고인 눈을 천장을 향해 쳐들며 자기 자신을 비웃듯이 허허 하고 웃었다.

"가자!"

또 어머니는 가자고 했다. 영호는 아랫목으로 눈을 돌렸다. 철호는 길게 한숨을 쉬었다. 앞의 등잔불이 크게 흔들거렸다. 방 안의 모든 그림자들이 움직였다. 집 전체가 그대로 기울거리는 것 같았다. 그것뿐 조용했다. 밤이 꽤 깊은 모양이었다. 세상이 온통 잠들고 있었다.

저만치 골목 밖에서부터 딱 딱 딱 딱 구둣발 소리가 뾰족하게 들려왔다. 점점 가까워 왔다. 바로 아랫방 문 앞에서 멎었다. 영호는 문께로 얼굴을 돌렸다. 삐걱삐걱 두어 번 비틀리던 방문이 열렸다. 여동생 명숙이가 들어섰다. 싱싱한 몸매에 까만 투피스가 제법 어느 회사의 여사무원 같았다.

"늦었구나."

영호가 여전히 두 다리를 쭉 뻗고 앉은 채 고개만 뒤로 젖혀서 명숙을 쳐다보았다.

명숙은 영호의 말에도 아무런 대꾸도 없이 돌아서서 문 밖에서 까만 하이힐을 집어 올려 아랫방 모서리에 들여놓았다. 그리고 빽을 휙 방구석에 던졌다. 겨우 윗저고리와 스커트를 벗어 걸은 명숙은 아랫방 뒷구석에 가서 털썩 하고 쓰러지듯 가로누워 버렸다. 그리고 거기 접어 놓은 담요를 끌어다 머리 위에서부터 푹 뒤집어썼다.

철호는 명숙을 거들떠보지도 않고 덤덤히 등잔불만 지켜보고 있었다.

철호는 언젠가 퇴근하던 길에 전차 창문 밖에 본 명숙의 꼴을 생각하고 있는 것이었다.

철호가 탄 전차가 을지로 입구 십자거리에 머물어 신호를 기다리고 있었다. 손잡이를 붙들고 창을 향해 서 있던 철호는 무심코 밖을 내다보았다. 전차 바로 옆에 미군 지프차가 한 대 와 섰다. 순간 철호는 확 낯이 달아올랐다.

핸들을 쥔 미군 바로 옆자리에 색안경을 쓴 한국 여자가 앉아 있었다. 그것이 바로 명숙이였던 것이다. 바로 철호의 턱밑에서였다. 역시 신호를 기다리는 그 지프차 속에서 미군이 한 손은 핸들에 걸치고 또 한 팔로는 명숙의 허리를 넌지시 끌어안는 것이었다. 미군이 명숙의 얼굴을 들여다보며 뭐라고 수작을 걸었다. 명숙은 다리를 겹치고 앉은 채 앞을 바라보는 자세 그대로 고개를 까딱거렸다. 그 미군 지프차 저편에 와 선 택시 조수가 명숙이와 미군을 쳐다보며 피시시 웃었다. 전찻간에서도 마찬가지였다. 철호 바로 옆에 나란히 서 있던 청년 둘이 쑥덕거렸다.

"그래도 멋은 부렸네."

"멋? 그래, 색안경을 썼으니 말이지?"

"장사치곤 고급이지, 밑천 없이."

"저것도 시집을 갈까?"

"흥."

철호는 손잡이를 놓았다. 그리고 반대편 가운데 문께로 가서 돌아서고 말았다. 그것은 분명히 슬픈 감정만은 아니었다. 뭐라고 말할 수조차 없는 숯덩이 같은 것이 꽉 목구멍을 치밀었다. 정신이 아뜩해지는 것 같았다. 하품을 하고 난 뒤처럼 콧속이 싸하니 쓰리면서 눈물이 징 솟아올랐다. 철호는 앞에 있는 커다란 유리를 꽉 머리로 받아 부수고 싶은 충동을 느끼며 어금니를 꽉 맞씹었다. 찌르르 벨이 울렸다. 덜커덩 전차가 움직였다. 철호는 문짝에 어깨를 가져다 기대고 눈을 감아 버렸다.

그날부터 철호는 정말 한마디도 누이동생 명숙이와 말을 하지 않았다. 또 명숙이도 철호를 본체만체했다.

"자, 우리도 이제 잡시다."

영호가 가슴을 펴서 내어밀며 바로 앉았다.

등잔불을 끄고 두 방 사이의 문을 닫았다.

폭 가라앉는 것같이 피곤했다. 그러면서도 철호는 정작 잠을 이룰 수는 없었다. 밤은 고요했다. 시간이 그대로 흐르기를 멈추어 버린 것같이 조용했다. 철호의 아내도 이제 잠이 들었나 보다. 앓는 소리를 내었다. 철호는 눈을 감았다. 어딘가 아득히 먼 것을 느끼고 있었다. 철호도 잠이 들어 가고 있었다.

"가자!"

다들 잠든 밤의 그 어머니의 소리는 엉뚱하게 컸다. 철호는 흠칠 눈을 떴다. 차츰 눈이 어둠에 익어 갔다. 문틈으로 새어 들은 달빛이 철호의 옆에서 잠든 딸애의 머리에서부터 발끝까지 죽 파란 줄을 그었다. 철호는 다시 눈을 감았다. 길게 한숨을 쉬며 벽을 향해 돌아누웠다.

"가자!"

또 어머니가 소리를 질렀다. 그러나 철호는 눈을 뜨지 않았다. 그도 마저 잠이 들어 버린 것이었다.

그런데 이번에는 아랫방에서 명숙이가 눈을 떴다. 아랫목에 어머니와 윗목에 오빠 영호 사이에 누운 명숙은 어둠 속에 가만히 손을 내어밀었다. 어머니의 손을 더듬어 잡았다. 뼈 위에 겨우 가죽만이 씌워진 손이었다. 그 어머니의 손에서는 체온이 느껴지는 것이 아니라 축축이 습기가 미끈거렸다. 명숙은 어머니 쪽을 향하여 돌아누웠다. 한쪽 손을 마저 내밀어서 두 손으로 어머니의 송장 같은 손을 감싸 쥐었다.

"가자!"

딸의 손을 느끼는지 못 느끼는지 어머니는 또 한 번 허공을 향해 가자고 소리 질렀다.

"엄마!"

명숙의 낮은 소리였다. 명숙은 두 손으로 감싸 쥔 어머니의 여윈 손을 가만히 흔들었다.

"가자!"

"엄마!"

기어이 명숙은 흐느끼기 시작하였다. 명숙은 어머니의 손을 끌어다 자기의 입에 틀어막았다.

"엄마!"

숨을 죽여 가며 참는 명숙의 울음은 한숨으로 바뀌며 어머니의 손가락을 입 안에서 잘근잘근 씹어 보는 것이었다.

"겁내지 말라."

옆에서 영호가 잠꼬대를 했다.

"가자!"

어머니는 명숙의 손에서 자기의 손을 빼어 가지고 저쪽으로 돌아 누워 버렸다.

명숙은 다시 담요를 끌어다 머리 위까지 푹 썼다. 그리고 담요 속에서 흐득흐득 울고 있었다.

"엄마!"

이번엔 윗방에서 어린것이 엄마를 불렀다.

철호는 잠 속에서 멀리 그 소리를 들었다. 그러면서도 채 잠이 깨어지지는 않았다.

"엄마!"

어린것은 또 한 번 엄마를 불렀다.

"오 오, 왜? 엄마 여기 있어."

아내의 반쯤 깬 소리였다. 어린것을 끌어다 안는 모양이었다. 철호는 그 소리를 멀리 들으며 다시 곤히 잠들어 버렸다.

"오줌."

"오, 오줌 누겠니? 자, 일어나. 착하지."

철호의 아내는 일어나 앉으며 어린것을 안아 일으켰다. 구석에서 깡통을 끌어다 대어 주었다.

"참, 삼춘이 네 신발 사 왔지. 아주 예쁜 거. 볼래?"

깡통을 타고 앉은 어린것을 뒤에서 안아 주고 있던 철호의 아내는 한 손으로 어린것의 베개 맡에 놓아두었던 신발을 집어다 보여 주었다. 희미하게 달빛이 들이비쳤을 뿐인 어두운 방 안에서는 그것은 그저 겨우 모양뿐, 색채를 잃고 있었다.

"내 거야, 엄마?"

"그래. 네 거야."

"예뻐?"

"참 예뻐. 빨강이야."

"응……."

어린것은 잠에 취한 소리로 물으며 신발을 두 손에 받아 가슴에 안았다.

"자, 이제 거기 놔두고 자야지."

"응. 낼 신어도 돼?"

"그럼."

어린것은 오물오물 담요 속을 파고들어 갔다.

"엄마, 낼 신어도 돼?"

"그럼."

뭐든가 좀 좋은 것은 애껴야 한다고만 들어 오던 어린것은 또 한 번 이렇게 다짐하는 것이었다.

아내는 어린것의 담요 가장자리를 꼭꼭 눌러 주고 나서 그 옆에 누웠다.

다들 다시 잠이 들었다. 어느 사이에 달빛이 비껴서 칼날 같은 빛을 철호의 가슴으로 옮겼다.

어린것이 부시시 머리를 들었다. 배를 깔고 엎드렸다. 어린것은 조그마한 손을 베개 너머로 내밀었다. 거기 가지런히 놓아 둔 신발을 만져 보았다. 어린것은 안심한 듯이 다시 베개를 베고 누웠다. 또 다시 조용해졌다. 한참 만에 또 어린것이 움직거렸다. 잠이 든 줄만

알았던 어린것은 또 엎드렸다. 머리맡에 신발을 또 끌어당겼다. 조그마한 손가락으로 신발코를 꼭 눌러 보았다. 그러고는 이번에는 아주 자리 위에 일어나 앉았다. 신발을 무릎 위에 들어 올려놓았다. 달빛에다 신발을 들이대어 보았다. 바닥을 뒤집어 보았다. 두 짝을 하나씩 두 손에 갈라들고 고무바닥을 맞대어 보았다. 이번엔 발을 앞으로 내놓았다. 가만히 신발을 가져다 신었다. 앉은 채로 꼭 방바닥을 디디어 보았다.

"가자!"

어린것은 깜짝 놀랐다. 얼른 신발을 벗었다. 있던 자리에 도로 모아 놓았다. 그리고 한 번 더 신발을 바라보고 난 어린것은 살그머니 누웠다. 오물오물 담요 속으로 기어 들어갔다.

점심을 못 먹은 배는 오후 두 시에서 세 시 사이가 제일 견디기 힘들었다. 철호는 펜을 장부 위에 놓았다. 저쪽 구석에 돌아앉은 사환 애를 바라보았다. 보리차라도 한 잔 더 마시고 싶었다. 그러나 두 잔까지는 사환 애를 시켜서 가져오랄 수 있었으나 세 번까지는 부르기가 좀 미안했다. 철호는 걸상을 뒤로 밀고 일어섰다. 책상 모서리에 놓인 찻종을 집어 들었다. 그리고 출입문으로 나갔다. 복도의 풍로 위에서 커다란 주전자가 끓고 있었다. 보리차를 찻종 하나 가득히 부었다. 구수한 냄새가 피어올랐다. 철호는 뜨거운 찻종을 손가락으로 꼬집어 들고 조심조심 자기 자리로 돌아와 앉았다. 그리고 찻종을 입으로 가져갔다. 후 불었다. 마악 한 모금 들이마시는 때였다.

"송 선생님, 전봅니다."

 사환 애가 책상 앞에 와 알렸다. 철호는 얼른 찻종을 책상 위에 내려놓았다. 그리고 과장 책상 앞으로 갔다. 수화기를 들었다.

"네, 송철호올시다. 네? 경찰서요? 전 송철호라는 사람인데요? 네? 송영호요? 네, 바로 제 동생입니다. 무슨? 네? 네? 송영호가요? 제 동생이 말입니까? 곧 가겠습니다. 네, 네."

 철호는 수화기를 걸었다. 그리고 걸어 놓은 수화기를 멍하니 내려다보고 서 있었다. 사무실 안 사람들의 시선이 모두 철호에게로 쏠렸다.

"무슨 일인가? 동생이 교통사고라도?"

 서류를 뒤적이던 과장이 앞에 서 있는 철호를 쳐다보며 물었다.

"네? 네, 저 과장님, 잠깐 다녀오겠습니다."

 철호는 마시던 보리차를 그대로 남겨 둔 채 사무실을 나섰다. 영문을 모르는 동료들이 서로 옆의 사람의 얼굴을 힐끗 쳐다보는 것이었다.

 철호는 전에도 몇 번 경찰서의 호출을 받은 일이 있었다.

 양공주 노릇을 하는 누이동생 명숙이가 걸려들면 그 신원 보증을 해야 하는 철호였다. 그때마다 철호는 치안관 앞에서 낯을 못 들고 앉았다가 순경이 앞세우고 나온 명숙을 데리고 아무 말도 없이 경찰서 뒷문을 나서곤 하였다. 그럴 때면 철호는 울었다. 하나밖에 없는 누이동생이 정말 밉고 원망스러웠다. 철호는 명숙을 한 번 돌아다보는 일도 없이 전찻길을 따라 사무실로 걸었고, 또 명숙은 명숙이대로 적당한 곳에서 마치 낯도 모르는 사람이나처럼 딴 길로 떨어져 가 버리곤 하는 것이었다.
 그런데 이번에는 누이동생이 아니라 남동생 영호의 건이라고 했다. 며칠 전 밤에 취해서 지껄이던 영호의 말들이 머리를 스치고 지나갔다. 불안했다. 그런들 설마하고 마음을 다시 먹으며 철호는 경찰서 문을 들어섰다.
 권총 강도.
 형사에게도 동생 영호의 사건 내용을 들은 철호는 앞에 앉은 형사의 얼굴을 바보 모양 멍청히 바라보고 있을 뿐이었다. 점점 핏기가 가셔 가는 철호의 얼굴은 표정을 잃은 채 굳어 가고 있었다.
 어느 회사에서 월급을 줄 돈 천오백만 환을 찾아서 은행 앞에 대기시켰던 지프차에 싣고 마악 떠나려고 하는데 중절모를 깊숙이 눌러 쓰고 색안경을 낀 괴한 두 명이 차 속으로 올라오며 권총을 내들더라는 것이었다.
 "겁내지 말라! 차를 우이동으로 돌리라."
 운전수와 또 한 명 회사원은 차가운 권총 구멍을 등에 느끼며 우이동까지 갔다고 한다. 어느 으슥한 숲 속에서 차를 세웠다고 한다. 그러고는 둘이 다 차 밖으로 나가라고 한 다음, 괴한들이 대신 운전대로 옮아앉더라고 한다. 운전수와 회사원은 거기 버려둔 채 차는 전속력으로 다시 시내로 향해 달렸단다. 그러나 지프차는 미아리도 채 못 와서 경찰에 붙들리고 말았다는 것이었다. 그런데 차 안에는 괴한이 한 사람밖에 없었다고 한다.
 형사가 동생을 면회하겠느냐고 물었을 때도 철호는 그저 얼이 빠

져서, 두 무릎 위에 맥없이 손을 올려놓고 앉은 채 아무 대답도 못 했다.

이윽고 형사실 뒷문이 열리더니 거기 영호가 나타났다.

"이리로 와."

수갑이 채워진 두 손을 배 앞에다 모으고 천천히 형사의 책상 앞으로 걸어 나오는 영호는 거기 걸상에 앉았다 일어서는 철호를 향하여 약간 머리를 끄덕여 보였다. 동생의 얼굴을 뚫어져라고 바라보고 서 있는 철호의 여윈 볼이 히물히물 움직였다. 괴로울 때의 버릇으로 어금니를 꽉꽉 씹고 있는 것이었다.

형사는 앞에 와서 선 영호에게 눈으로 철호를 가리켰다. 영호는 철호에게로 돌아섰다.

"형님, 미안합니다. 인정선(人情線)에서 걸렸어요. 법률선까지는 무난히 뛰어넘었는데. 쏘아 버렸어야 하는 건데."

영호는 철호의 얼굴을 들여다보며 빙그레 웃었다. 그러고는 옆으로 비스듬히 얼굴을 떨구며 수갑을 채운 채인 오른손 염지를 권총 방아쇠를 당기는 때처럼 까부려서 지긋이 당겨 보는 것이었다.

철호는 눈도 깜박하지 않고 그저 영호의 머리카락이 흐트러져 내린 이마를 바라보고 있었다.

"돌아가세요, 형님."

영호는, 등신처럼 서 있는 형이 도리어 민망한 듯 조용히 말했다.

"수감해."

형사가 문간에 지키고 서 있는 순경을 돌아보았다.

영호는 그에게로 오는 순경을 향해 마주 걸어갔다. 영호는 뒷문으로 끌려 나가다 말고 멈춰 섰다. 그리고 뒤를 돌아보았다.

"형님! 어린것 화신 구경이나 한번 시키세요. 제가 약속했었는데."

뒷문이 쾅 닫혔다. 철호는 여전히 영호가 사라진 뒷문을 바라보고 서 있었다. 눈이 뿌옇게 흐려졌다. 아무것도 보이지 않았다.

"쏠 의사는 처음부터 없었던 것 같은데."

조서를 한옆으로 밀어 놓으며 형사가 중얼거렸다. 철호는 거기 걸상에 가만히 걸터앉았다.

"혹시 그 같이 한 청년을 모르시나요?"

철호의 귀에는 형사의 말소리가 아주 멀었다.

"끝내 혼자서 했다고 우기는데, 그러나 증인이 있으니까 이제 차츰 사실대로 자백하겠지만."

여전히 철호는 말이 없었다.

경찰서를 나온 철호는 어디를 어떻게 걸었는지 알 수 없었다. 철호는 술 취한 사람 모양 허청거리는 다리로 자기 집이 있는 언덕길을 올라가고 있었다. 철호는 골목길 어귀에 들어섰다.

"가자!"

철호는 거기 멈춰 섰다. 고개를 뒤로 젖혔다. 그러나 그는 하늘을 쳐다보는 것이 아니었다. 하 하고 숨을 크게 내쉬는 철호는 울고 있었다. 눈물이 콧속으로 흘러서 찝찔하니 목구멍으로 넘어갔다.

"가자. 가자. 어딜 가잔 거야? 도대체 어딜 가잔 거야!"

철호는 꽥 소리를 지르고 있었다. 거기 처마 밑에 모여 앉아서 소꿉질을 하던 어린애들이 부시시 일어서며 그를 쳐다보았다. 철호는 그 앞을 모른 체 지나쳐 버렸다.

"오빤 어딜 그렇게 돌아다뉴."

철호가 아랫방에 들어서자 윗방 구석에서 고리짝을 열어 놓고 뒤지고 있던 명숙이가 역한 소리를 했다. 윗방에는 넝마 같은 옷가지들이 한 무더기 쌓여 있었다. 딸애는 고리짝 옆에 쪼그리고 앉아서 명숙이가 뒤져 내놓는 헌 옷들을 무슨 진귀한 것이나처럼 지켜보고 있었다. 철호는 아내가 어딜 갔느냐고 물어보려다 말고 그대로 윗방 아랫목에 털썩 주저앉아 버렸다.

"어서 병원에 가 보세요."

명숙은 여전히 고리짝을 들추며 돌아앉은 채 말했다.

"병원엘?"

"그래요."

"병원에라니?"

"언니가 위독해요. 어린애가 걸렸어요."

"뭐가?"

철호는 눈앞이 아찔했다.

점심때부터 진통이 시작되었는데 영 해산을 못하고 애를 썼단다. 그런데 죽을 악을 쓰다 보니까 어린애의 머리가 아니라 팔부터 나왔다고 한다. 그래 병원으로 실어 갔는데, 철호네 회사에 전화를 걸었더니 나가고 없더라는 것이었다.

"지금쯤은 아마 애기를 낳았거나, 그렇지 않으면……."

명숙은 흰 헝겊들을 골라 개켜서 한옆으로 젖혀 놓으며 말했다. 아마 어린애의 기저귀를 고르고 있는 모양이었다. 그런데 이상했다.

좀 전에 아찔하던 정신이 사르르 풀리며 온몸의 맥이 쏙 빠져나갔다. 철호는 오래간만에 머릿속이 깨끗이 개는 것을 느꼈다.

 말라리아를 앓고 난 다음 날처럼 맥은 하나도 없으면서 머리는 비상히 깨끗했다. 뭐 놀랄 일이 있느냐 하는 심정이 되었다. 마치 회사에서 무슨 사무를 한 뭉텅이 맡았을 때와 같은 심사였다. 철호는 호주머니에서 담배를 꺼내어 물었다. 언제나 새로 사무를 맡아 시작하기 전에 하는 버릇이었다. 철호는 일어섰다. 그리고 문을 열었다.

 "어딜 가슈?"

 명숙이가 돌아보았다.

 "병원에."

 "무슨 병원인지도 모르면서."

 철호는 참 그렇다고 생각했다.

 "S병원이야요."

 "……."

 철호는 슬그머니 문 밖으로 한 발을 내디디었다.

 "돈을 가지고 가야지 뭐."

 "……. 돈."

 철호는 다시 문 안으로 들어섰다. 우두커니 발부리를 내려다보고 서 있었다. 명숙이가 일어섰다. 그리고 아랫방으로 내려갔다. 벽에 걸어 놓았던 핸드백을 벗겼다.

 "옛수."

 백 환짜리 한 다발이 철호 앞 방바닥에 던져졌다. 명숙은 다시 돌아서서 백을 챙기고 있었다. 철호는 명숙의 뒷모습을 물끄러미 바라보고 있었다. 철호의 눈이 명숙의 발뒤축에 머물렀다. 나일론 양말이 계란만치 구멍이 뚫렸다. 철호는 명숙의 그 구멍 뚫린 양말 뒤축에서 어떤 깨끗함을 느끼고 있었다. 오래간만에 참으로 오래간만에 철호는 명숙에 대한 오빠로서의 애정을 느꼈다.

"가자."

어머니가 또 외마디소리를 질렀다.

철호는 눈을 발밑에 돈다발로 떨구었다. 허리를 꾸부렸다. 연기가 든 때처럼 두 눈이 싸하니 쓰렸다.

"아버지, 병원에 가? 엄마 애기 났어?"

"그래."

철호는 돈을 저고리 호주머니에 구겨 넣으며 문을 나섰다.

"가자."

골목을 빠져나가는 철호의 등 뒤에서 또 한 번 어머니의 소리가 들려왔다.

아내는 이미 죽어 있었다.

"네. 그래요."

철호는 간호원보다도 더 심상한 표정이었다. 병원의 긴 복도를 흐청흐청 걸어서 널따란 현관으로 나왔다. 시체가 어디 있느냐고 묻지도 않았다. 무엇인가 큰일이 한 가지 끝났다는 그런 기분이었다. 아니 또 어찌 생각하면 무언가 해야 할 일이 많이 생긴 것 같은 무거운 기분이기도 했다. 그러면서도 그 해야 할 일이 무엇인지는 좀처럼 생각이 나질 않았다. 그저 이제는 그리 서두를 필요도 없어졌다는 생각만으로 철호는 거기 병원 현관에 한참이나 우두커니 서 있었다.

이윽고 병원의 큰 문을 나선 철호는 전찻길을 따라서 천천히 걸었다. 자전거가 휙 그의 팔굽을 스치고 지나갔다. 그는 멈춰 섰다. 자기도 모르게 그는 사무실 쪽으로 걸어가고 있었다. 여섯 시도 더 지났을 무렵이었다. 이제 사무실로 가야 할 아무 일도 없었다. 그는 전찻길을 건넜다. 또 한참 걸었다. 그는 또 멈춰 섰다. 이번엔 어느 사이에, 낮에 왔던 경찰서 앞에 와 있었다. 그는 또 돌아섰다. 또 걸었다. 그저 걸었다. 집으로 돌아가자는 생각도 아니면서 그의 발길은 자동기계처럼 남대문 쪽을 향해 걷고 있었다. 문방구점, 라디오방, 사진관, 제과점. 그는 길가에 늘어선 이런 가게의 진열장들을 하나하나 기웃거리며 걷고 있었다. 그러면서도 무엇이 있는지 하나도 보이지는 않았다. 그러던 철호는 또 우뚝 섰다. 그는 거기 눈앞에 걸린 간판을 쳐다보고 있었다. 장기판만 한 흰 판에 빨간 페인트로 '치과'라고 써 있었다. 철호는 갑자기 이가 쑤시는 것을 느꼈다. 아침부터, 아니 벌써 전부터 훌떡훌떡 쑤시는 충치가 갑자기 아파 왔다. 양쪽 어금니가 아래위 다 쑤셨다. 사실은 어느 것이 정말 쑤시는 것인지조차도 분간할 수가 없었다. 철호는 호주머니에 손을 넣어 보았다. 만 환 다발이 만져졌다.

철호는 치과 간판이 걸린 층계를 이층으로 올라갔다.

치과 걸상에 머리를 젖히고 입을 아 벌리고 앉았다. 의사는 달가닥달가닥 소리를 내며 이것저것 여러 가지 쇠꼬치를 그의 입에 넣었다 꺼냈다 하였다. 철호는 매시근하니 잠이 왔다. 아무런 생각도 하지 않고 입을 크게 벌린 채 눈을 감고 있었다.

"좀 아팠지요? 뿌리가 꾸부러져서."

의사가 집게에 뽑아 든 이를 철호의 눈앞에 가져다 보여 주었다. 속이 시꺼멓게 썩은 징그러운 이뿌리에 뻘건 살점이 묻어 나왔다. 철호는 솜을 입에 문 채 머리를 좌우로 흔들어 보였다. 사실 아프지도 아무렇지도 않았다.

"됐습니다. 한 삼십 분 후에 솜을 빼 버리슈. 피가 좀 나올 겁니다."

"이쪽을 마저 빼 주십시오."

철호는 옆의 타구에 침을 뱉고 나서 또 한쪽 볼을 눌러 보였다.

"어금니를 한 번에 두 대씩 빼면 출혈이 심해서 안 됩니다."

"괜찮습니다."

"아니. 내일 또 빼지요."

"다 빼 주십시오. 한목에 몽땅 다 빼 주십시오."

"안 됩니다. 치료를 해 가면서 한 대씩 빼야지요."

"치료요? 그럴 새가 없습니다. 마악 쑤시는걸요."

"그래도 안 됩니다. 빈혈증이 일어나면 큰일 납니다."

하는 수 없었다. 철호는 치과를 나왔다. 또 걸었다. 잇몸이 멍하니 아픈 것 같기도 하고 또 어찌하면 시원한 것 같기도 했다. 그는 한 손으로 볼을 쓸어 보았다.

그렇게 얼마를 걷던 철호는 거기에 또 치과 간판을 발견하였다. 역시 이층이었다.

"안 될 텐데요."

거기 의사도 꺼렸다. 철호는 괜찮다고 우겼다. 한쪽 어금니를 마자 빼었다. 이번에는 두 볼에다 다 밤알만큼씩 한 솜덩어리를 물고 나왔다. 입 안이 찝찔했다. 간간이 길가에 나서서 피를 뱉었다. 그때마다 시뻘건 선지피가 간 덩어리처럼 엉겨서 나왔다.

남대문을 오른쪽에 끼고 돌아서 서울역이 보이는 데까지 왔을 때 으스스 몸이 한 번 떨렸다. 머리가 횡하니 비어 버린 것 같다고 생각했다. 바로 그때에 번쩍 거리에 전등이 들어왔다. 눈앞이 한 번 환해졌다. 다음 순간에는 어찌 된 셈인지 좀 전에 전등이 켜지기 전보다 더 거리가 어두워졌다. 철호는 눈을 한 번 꾹 감았다 다시 떴다. 그래도 매한가지였다. 이건 배 속이 비어서 이렇다고 철호는 생각했다. 그는 새삼스레, 점심도 저녁도 안 먹은 자기를 깨달았다. 뭐든가 좀 먹어야겠다고 생각했다. 구수한 설렁탕 생각이 났다. 입 안에 군침이 하나 가득히 고였다. 그는 어느 전주 밑에 가서 쭈그리고 앉아서 침을 뱉었다. 그런데 그것은 침이 아니라 진한 피였다. 그는 다시 일어섰다. 또 한 번 오한이 전신을 간질이고 지나갔다. 다리가 약간 떨리는 것 같았다. 그는 속히 음식점을 찾아내어야겠다고 생각하며 서울역 쪽으로 허청허청 걸었다.

"설렁탕."

무슨 약 이름이기나 한 것처럼 한마디 일러 놓고는 그는 식탁 위에 엎드려 버렸다. 또 입 안으로 하나 가득 찝찔한 물이 고였다. 철호는 머리를 들었다. 음식점 안을 한 바퀴 휘 둘러보았다. 머리가 아찔했다. 그는 일어섰다. 그리고 문 밖으로 급히 걸어 나갔다. 음

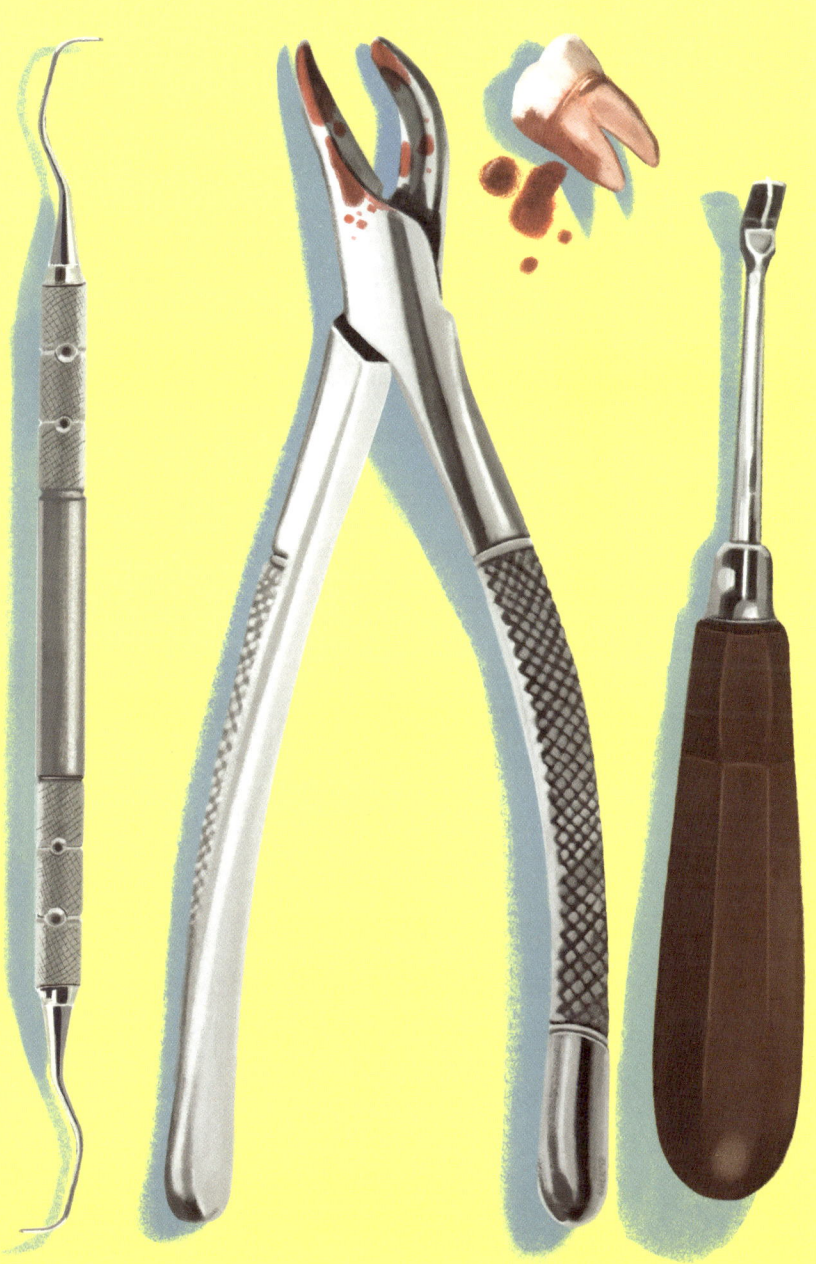

식점 옆 골목에 있는 시궁창에 가서 쭈그리고 앉았다. 울컥하고 입 안엣 것을 뱉었다. 그러나 이번에는 주위가 어두워서 그것이 핀지 또는 침인지 알 수 없었다. 철호는 저고리 소매로 입술을 닦으며 일어섰다. 이를 뺀 자리가 쿡 한 번 쑤셨다. 그러자 뒤이어 거기서 호응이나 하듯이 관자놀이가 또 쿡 쑤셨다. 철호는 아무래도 좀 이상하다고 생각하였다. 이제 빨리 집으로 돌아가 누워야겠다고 생각했다. 그는 다시 큰길로 나왔다. 마침 택시가 한 대 왔다. 그는 손을 한 번 흔들었다.

철호는 던져지듯이 털썩 택시 안에 쓰러졌다.

"어디로 가시죠?"

택시는 벌써 구르고 있었다.

"해방촌."

자동차는 스르르 속력을 늦추었다. 해방촌으로 가자면 차를 돌려야 하는 까닭이었다. 운전수는 줄지어 달려오는 자동차의 사이가 생기기를 노리고 있었다. 저만치 자동차의 행렬이 좀 끊겼다. 운전수는 핸들을 잔뜩 비틀어 쥐었다. 운전수가 몸을 한편으로 기울이며 마악 핸들을 틀려는 때였다. 뒷자리에서 철호가 소리를 질렀다.

"아니야. S병원으로 가."

철호는 갑자기 아내의 죽음을 생각했던 것이었다. 운전수는 다시 획 핸들을 이쪽으로 틀었다. 운전수 옆에 앉아 있는 조수 애가 한 번 철호를 돌아다보았다. 철호는 뒷자리 한 구석에 가서 몸을 틀어박은 채 고개를 뒤로 젖히고 눈을 감고 있었다. 차는 한국은

행 앞 로터리를 돌고 있었다. 그때에 또 뒤에서 철호가 소리를 질렀다.

"아니야. ×경찰서로 가."

눈을 감고 있는 철호는 생각하는 것이었다. '아내는 이미 죽었는데……' 하고. 이번에는 다행히 차의 방향을 바꿀 필요가 없었다. 그냥 달렸다.

"×경찰서 앞입니다."

철호는 눈을 떴다. 상반신을 번쩍 일으켰다. 그러나 곧 또 털썩 뒤로 기대고 쓰러져 버렸다.

"아니야. 가."

"×경찰서입니다, 손님."

조수 애가 뒤로 몸을 틀어 돌리고 말했다.

"가자."

철호는 여전히 눈을 감고 있었다.

"어디로 갑니까?"

"글쎄. 가."

"허 참, 딱한 아저씨네."

"……."

"취했나?"

운전수가 힐끔 조수 애를 쳐다보았다.

"그런가 봐요."

"어쩌다 오발탄 같은 손님이 걸렸어. 자기 갈 곳도 모르게."

운전수는 기어를 넣으며 중얼거렸다. 철호는 까무룩히 잠이 들어

가는 것 같은 속에서 운전수가 중얼거리는 소리를 멀리 듣고 있었다. 그리고 마음속으로 혼자 생각하는 것이었다. '아들 구실, 남편 구실, 애비 구실, 형 구실, 오빠 구실, 또 계리사 사무실 서기 구실, 해야 할 구실이 너무 많구나. 너무 많구나. 그래 난 네 말대로 아마도 조물주의 오발탄인지도 모른다. 정말 갈 곳을 알 수가 없다. 그런데 지금 나는 어디건 가긴 가야 한다.'

철호는 점점 더 졸려 왔다. 저린 것처럼 머리의 감각이 차츰 없어져 갔다.

"가자."

철호는 또 한 번 귓가에 어머니의 소리를 들었다고 생각하며 푹 모로 쓰러지고 말았다.

차가 네거리에 다다랐다. 앞의 교통 신호대에 빨간 불이 켜졌다. 차가 섰다. 또 한 번 조수 애가 뒤를 돌아보며 물었다.

"어디로 가시죠?"

그러나 머리를 푹 앞으로 수그린 철호는 아무 대답도 없었다. 따르릉 벨이 울렸다. 긴 자동차의 행렬이 움직이기 시작했다. 철호가 탄 차도 목적지를 모르는 대로 행렬에 끼어서 움직이는 수밖에 없었다. 철호의 입에서 흘러내린 선지피가 홍건히 그의 와이셔츠 가슴을 적시고 있는 것을 아무도 모르는 채, 교통 신호대의 파란불 밑으로 차는 네거리를 지나갔다.

＊ 1938년 3월 7일부터 14일까지 《동아일보》에 연재된 것을 바탕으로 함.

어휘풀이

계리사 회계에 관한 감사, 감정, 계산, 정리, 입안, 세무 대리 따위를 전문적으로 처리할 수 있는 법적 자격을 갖춘 사람.

고리짝 버드나무 가지나 가늘게 쪼갠 대나무 따위로 엮어서 상자같이 만든 물건.

구공탄 구멍이 뚫린 연탄을 통틀어 이르는 말.

까부리다 꾸부리다.

꼽추 '척추 장애인(선천적이거나 후천적인 요인으로 척추에 장애가 있어 등이 굽고 큰 혹 같은 것이 불룩 튀어나온 사람)'을 낮잡아 이르는 말.

넝마 낡고 해어져서 입지 못하게 된 옷이나 이불 따위를 이르는 말.

더뎅이 부스럼 딱지나 때 따위가 거듭 붙어서 된 조각.

뜨물 곡식을 씻어 내 부옇게 된 물.

레이션(ration) 곽 군대에서 배급되는 휴대용 식량인 레이션을 담았던 상자.

매시근하다 기운이 없고 나른하다.

맹랑하다 생각하던 바와 달리 허망하다.

목달이 양말이나 속옷 같은 데서 천의 짜임이 쉽게 늘었다 줄었다 할 수 있게 된 손목이나 발목 부분.

몽유병자 몽유병(잠을 자다가 무엇에 이끌린 듯 일어나 멀쩡하게 행동을 하며 돌아다니기도 하다가 다시 잠이 든 뒤, 다음 날 아침 깨어나서는 그런 일을 전혀 기억하지 못하는 정신병)이 있는 사람.

불떠 '불똥(불에 타고 있는 물건에서 튀어나오는 아주 작은 불덩이)'의 평북 방언.

비가 비거(vigour). 설탕이나 엿에 우유와 향료를 넣어서 만든 달콤하고 쫀득쫀득한 맛이 있는 과자. 캐러멜처럼 달콤한 것을 가락엿 모양으로 만들어 잘라서 낱개로 포장한 것이다. 색깔은 우윳빛이고, 포장된 모양은 두껍게 만 담배 같다. '비가 모양'이란, 비가(비거)를 낱개로 포장한 것과 같은 형태를 말한다.

비루 '맥주'를 이르는 일본말.

사환 관청이나 회사, 가게 따위에서 잔심부름을 시키기 위하여 고용한 사람.

살눈썹 속눈썹.

서기 여러 가지 일반적인 사무를 맡아보는 사람.

세단(sedan) 좀 납작한 상자 모양에 지붕이 있고 운전석과 뒷좌석 사이에 칸막이를 하지 않았으며, 4~5명이 타게 되어 있는 보통의 승용차.

양공주 예전에, 미군 병사를 상대로 몸을 파는 여자를 이르던 말.

억설 근거도 없이 억지로 고집을 세워서 우겨 대는 말.

염지 집게손가락. 엄지손가락과 가운뎃손가락 사이에 있는 둘째 손가락.

요지경 확대경을 장치하여 놓고 그 속의 여러 가지 재미있는 그림을 돌리면서 구경하는 장치나 장난감.

유단 기름기가 많이 스며들어 있는, 두껍고 질긴 종이.

자채기 '재채기'의 함경남도 방언.

장부 물건의 출납이나 돈의 수입과 지출 등을 적어 두는 책.

장지 가운뎃손가락.

조리다 줄이다. 살림이 어려워지거나 본디보다 못하게 되다.

지르감다 눈을 찌그리어 감다.

찻종 차를 따라 마실 수 있게 만든 조그마한 그릇.

타구 가래나 침을 뱉는 그릇.

헌데 살갗이 헐어서 상한 자리.

화신 화신백화점. 민족 자본으로 설립되어 우리 민족에 의해 경영되었던 최초의 백화점.

환도령 환도(전쟁 따위의 국난으로 인하여 정부가 한때 수도를 버리고 다른 곳으로 옮겼다가 다시 옛 수도로 돌아옴.)를 하라는 명령.

길게 읽기
물려 답하며 읽는
〈오발탄〉

배경

인물·사건

작품

주제

1. 무기력하고 비참한 삶
'해방촌'이 무엇인가요?
'화신 구경'이 무엇인가요?
왜 철호를 '원시인'이라고 했나요?
딸아이는 왜 신발을 계속 만지작거릴까요?
철호는 왜 명숙의 구멍 난 양말을 보고 애정을 느꼈을까요?
아내의 모습이 예전과 달라진 까닭은 무엇인가요?

2. 돌파구 찾기의 좌절
'양공주'가 무엇인가요?
철호는 왜 어머니에게 '자유'를 설명하지 못하나요?
전쟁에서 다친 사람들에게 아무런 보상도 없었나요?
왜 철호 어머니는 자꾸만 "가자!"라고 하나요?
철호 어머니는 왜 '무너졌는데'라고 말할까요?
'오발탄'이 무엇인가요?

3. 가릴 곳 없는 아픔
철호와 영호는 왜 갈등을 일으키나요?
왜 명숙은 어머니 손을 잡고 우나요?
'인정선'이 무엇인가요?
철호는 아내가 죽었는데 왜 슬퍼하지 않나요?
철호는 왜 아내가 죽은 후 이를 두 개나 뺐나요?
철호는 죽은 것일까요?

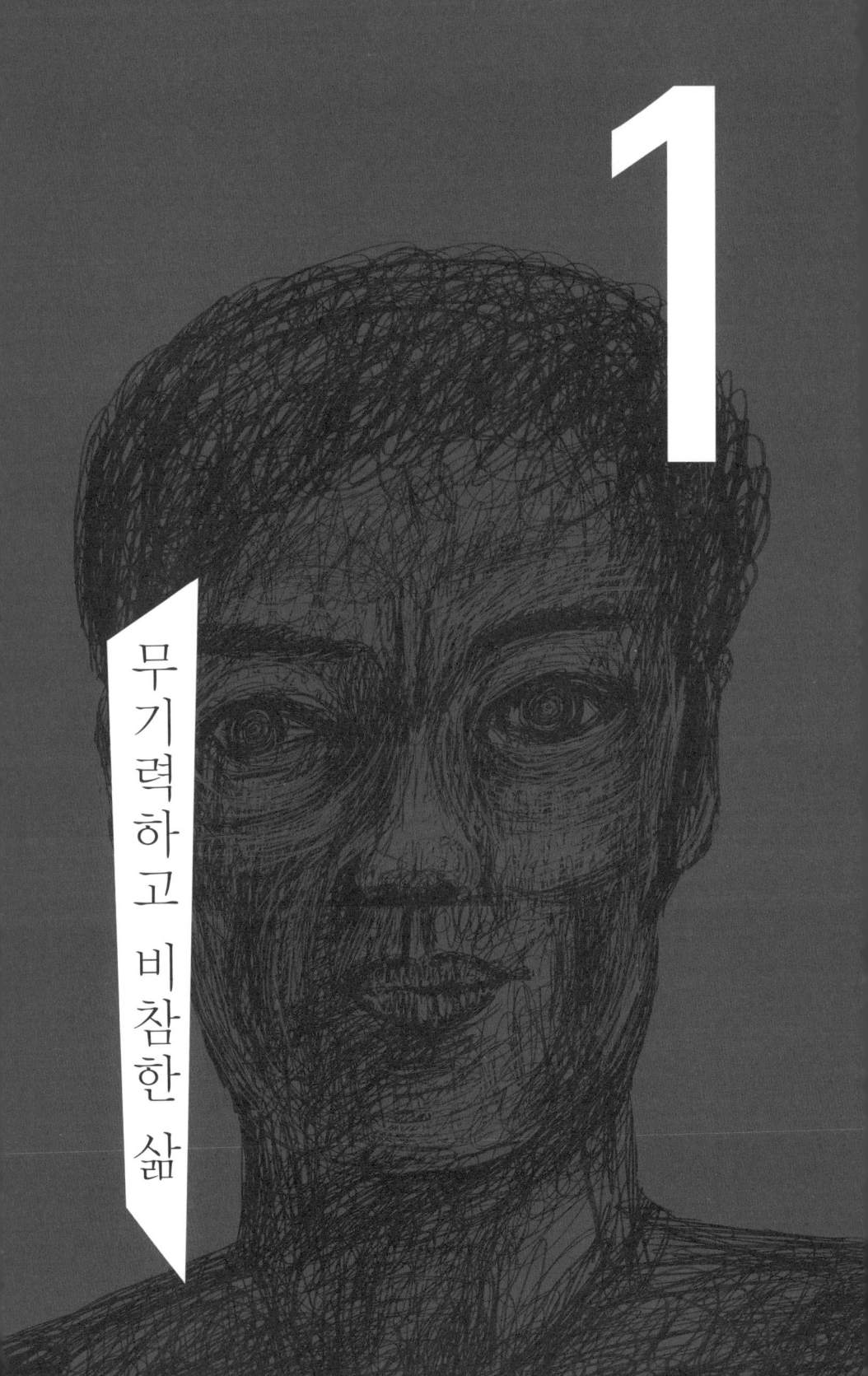

1

무기력하고 비참한 삶

'해방촌'이 무엇인가요?

> 빈 도시락마저 들지 않은 손이 홀가분해 좋긴 하였지만, 해방촌 고개를 추어 오르기에는 배 속이 너무 허전했다. 산비탈을 도려내고 무질서하게 주워 붙인 판잣집들이었다.

'해방촌'은 해방을 맞아 해외에서 돌아온 사람들, 북쪽에서 월남한 사람들, 한국 전쟁 때 피란을 온 사람들이 모여 살던 곳이에요. 남산 기슭에 자리하고 있었지요.

해방촌에는 산비탈을 따라 판잣집들이 다닥다닥 붙어 있었어요. '판잣집'은 말 그대로 판자로 허술하게 지은 집이에요. 해방촌에 있는 집들은 하나같이 볼품없고 살기에 불편했지요. 게다가 구정물이 여기저기 흐르고, 연탄재와 쓰레기가 널려 있었어요. 어때요, 해방촌 풍경이 머릿속에 그려지나요?

해방촌은 서울 중심부와도 멀지 않고 남대문시장도 가까워서 여러 가지 경제 활동을 하기가 수월했어요. 그래서 월남한 사람들은 그곳에 터를 잡고 시장에서 장사를 하거나, 스웨터를 짜거나, 담배를 만들어 공급하거나, 공사장에서 육체노동을 해서 생계를 이어 나갔죠. 또 해방촌 가까이에 미군 부대가 있어서 마을 사람들 가운데 상당수가

거기서 일하기도 했어요. 명숙도 먹고살기 위해 미군 부대를 드나들었죠.

월남한 사람들에게 해방촌은 제2의 고향이었던 셈이에요. 하지만 해방촌이란 이름과는 달리, 이곳에 사는 사람들은 고향을 떠나온 아픔과 가난에서 벗어날 수 없다는 절망을 안고 살아갔어요. 그러니까 그들에게 해방촌은 진정한 해방 공간이 아니었던 것이지요.

이 소설에 그려진 해방촌은, 한국 전쟁 이후의 현실에 적응하지 못한 채 미래에 대한 꿈도 잃고 무기력하게 살아가는 사람들의 공간이에요. 작가는 이를 통해 무질서와 혼란이 지배했던 한국 전쟁 이후의 사회, 이른바 '전후 사회'의 우울한 모습을 보여 주고 있어요. 그러

니까 해방촌은 단순히 소설의 공간적 배경이 아니라 전후 사회를 상징적으로 보여 주는 구실을 하는 셈입니다.

1960년대 이후, 돈을 번 사람들은 해방촌을 빠져나갔어요. 그러나 남한 사회에 성공적으로 정착하지 못한 월남인들은 여전히 해방촌에서 살 수밖에 없었지요. 그리고 산업화 이후에는 싼 집값과 일자리를 찾아 서울로 올라온 사람들이 해방촌의 빈자리를 채우게 됩니다.

생겨날 때부터 오늘날에 이르기까지 해방촌은 갈 데 없는 가난한 사람들의 마지막 터전 노릇을 하고 있답니다.

'화신 구경'이 무엇인가요?

"형님! 어린것 화신 구경이나 한번 시키세요. 제가 약속했었는데."

'화신'은 당시 유명했던 백화점 이름이에요. 우리나라 사람이 세운 최초의 백화점이었지요. 박흥식이라는 사람이 1931년에 3층짜리 빌딩을 지어 처음 문을 열었다가 1935년에 큰 불이 나서, 1937년에 다시 지하 1층 지상 6층짜리 건물로 지어졌답니다. 그러니까 이 소설에 나오는 '화신'은 다시 지어진 화신백화점을 말하는 거예요.

해방 전후에 "오늘은 부민관, 내일은 화신"이라는 말이 유행했어요. 부민관에서 영화 한 편 보고, 화신백화점에 가서 새로 나온 상품을 구경하는 것이 서민들의 소박한 꿈이었던 시대상을 담고 있는 말이지요.

화신백화점은 한식과 일식과 양식을 모두 갖춘 5층 대식당과 6층 소극장이 인기가 많았어요. 불꽃 모양의 뾰족한 탑과 꽃 모양 마크는 화신백화점의 상징이었지요. 옥상에 있던 전광 뉴스판과 엘리베이터 또한 사람들 시선을 집중시켰어요. 당시에는 신문 가판이 없었기 때문에, 지나다니는 사람들은 이 전광판을 올려다보며 토막 뉴스를 만날 수 있었지요. 또 처음 등장한 엘리베이터는 사람들에게 놀라움과 두려움을 안겨 주었어요.

그리고 난방 시설, 에스컬레이터, 수세식 화장실, 상품권, 바겐세일 등 매우 낯설고 신기한 서구의 여러 문물을 접할 수 있었어요. 그래서 화신백화점은 시골 사람은 물론이거니와 서울 사람들에게도 구경거리로 인기가 꽤 높았다고 합니다. 또 화신백화점은 시골에서 서울로 수학여행을 오면 꼭 들르는 곳 가운데 하나였어요. 난생처음 엘리베이터도 타 보고 사진도 찍고 하던 곳이었죠.

요즘은 아이들에게 백화점 구경시켜 준다고 하면 시시하다고 생각할 거예요. 그러나 1950년대라는, 그것도 한국 전쟁 직후라는 시대적인 배경을 생각해 보면 그것이 어린아이에게 얼마나 가슴 설레고 기다려지는 일이었을지 짐작할 수 있을 것입니다.

그 당시 사람들은 백화점 구경 이외에 창경원에 가서 사자와 호랑이 같은 동물을 보거나 시내 한복판을 다니는 전차를 타 보는 것이 큰 자랑거리였다고 하네요.

부민관이란?

'부민관'은 경성부가 1935년 지금의 서울시 중구 태평로1가에 세운 극장이에요. 경성에 대규모 공연장이 없던 1930년대 초, 경성부가 부민들의 예술적 욕구를 충족시키고자 경성전기주식회사로부터 100만 원을 기부 받아 준공한 부립극장이랍니다.

부민관은 지하 1층, 지상 3층으로 이루어진 우리나라 최초의 근대식 다목적 회관이라 할 수 있어요. 1800석의 관람석과 냉난방 시설까지 갖춘 대강당을 비롯해 중강당, 소강당 등에서 연극, 음악, 무용, 영화 등을 공연했지요. 그 밖에 담화실, 집회실, 특별실, 식당, 이발실 등 부대시설도 잘 갖추고 있어서 극단들의 창단 공연, 유명 연극 단체의 공연을 비롯해, 중요 강연회 등이 끊임없이 이루어졌습니다.

해방 이후 미군이 부민관을 접수해 임시로 사용하다가 1949년에 서울시의 소유가 되었고, 1950년 4월 29일에 국립극단이 창단되면서 국립극장으로 지정되었습니다. 한국 전쟁이 일어나고 나서 1950년 9월 28일 서울 수복 뒤에 국회의사당으로 사용되다가 1975년 여의도 국회의사당이 준공되면서 시민회관으로 쓰였어요. 그리고 1976년 세종문화회관 건립과 동시에 그 별관으로 이용되었고, 지방자치제 실시에 따라 1991년부터 서울시의회 의사당으로 사용되고 있답니다.

준공 당시 부민관의 모습

왜 철호를 '원시인'이라고 했나요?

이마에 길게 흐트러진 머리카락, 그 밑에 우묵하니 패인 두 눈, 깎아진 볼, 날카롭게 여윈 턱, 송장처럼 꺼멓고 윤기 없는 얼굴, 그것은 까마득한 원시인의 한 사나이였다.

계리사 사무실에서 서기로 일하는 철호는 하루 종일 글씨를 써서 아픈 손을 물속에 담가요. 철호는 손가락에 묻은 잉크가 실처럼 풀어지는 것을 보다가 그것을 '피'라고 생각하지요. '피땀 흘린다'는 말이 있는데, 이 말은 진짜 피처럼 붉은 땀을 흘린다는 말이 아니라 고생을 많이 한다거나 희생을 한다는 뜻이랍니다.

철호는 하루 종일 일을 하지만 돈이 없어서 점심도 못 먹고 배가 고프면 난로 위에 있는 보리차를 마십니다. 그리고 퇴근할 때까지 계속 일을 하지요. 점심도 못 사 먹을 만큼 적은 돈을 받고 일하지만, 철호는 가족을 위해 손가락에 굳은살이 박이도록 일을 합니다. 이것이 바로 '피', 즉 희생이지요.

가난하고 무능한 가장이지만 철호에게도 하고 싶은 일과 갖고 싶은 것이 있을 거예요. 하지만 철호는 자신이 책임져야 할 식구들 때문에 그런 것들은 꿈도 못 꿉니다. 그저 돈을 벌기 위해 점심도 거르고 하루 종일 일만 하는 것이지요.

그렇다면 철호를 '원시인'이라고 한 까닭은 무엇일까요?

원시인이 살던 때는 총도 없고, 몸을 보호해 주는 옷도 없었어요. 그래서 맨몸에 돌도끼나 창을 가지고 멧돼지, 곰, 사슴, 토끼 같은 짐승을 잡아서 가족을 먹여 살렸지요. 철호도 원시인처럼 맨몸으로 가족을 먹여 살려야 해요.

하지만 노루는 날쌔고 꿩은 하늘을 날기 때문에 잡지 못하고, 토끼는 사냥꾼이 너무 많아서 자기에게 돌아올 몫이 없어서 사냥하지 못한 원시인 사나이처럼, 철호도 돈을 버는 데 특별한 재주가 없어요. 그래서 계리사 사무실에서 손가락에 굳은살이 박이도록 글씨를 써야 하는 것이지요. 그래도 가난에서 벗어나기가 힘들어요. 여동생이 양공주를 해서 생계를 이어 가고, 하나 밖에 없는 딸은 아빠의 옷을 잘라서 만든 옷을 입고 있지요. 판잣집에서 살고, 임신한 아내도 보살펴 주지 못하고 있답니다.

딸아이는 왜 신발을
계속 만지작거릴까요?

어린 딸은 어느 날 밤에 잠을 자다가 오줌이 마려워 깼어요. 그런데 엄마가 삼촌이 신발을 사 왔으니 보라고 말하지요. 딸아이는 그 신발을 두 손에 받아 가슴에 안고, 졸음이 몰려드는데도 좀처럼 잠을 이루지 못합니다. 손을 베개 너머로 내밀어 신발을 몇 번이나 만지작거리죠. 나중에는 아예 일어나 앉아서 신발을 무릎 위에 올려놓고 바닥을 맞대어 보기도 해요. 그리고 마침내 신발을 가져다 신고 앉은 채로 방바닥을 디뎌 보기도 합니다.

여기에서 특히 가슴을 찡하게 하는 대목이 있어요. 딸이 엄마에게 신발을 내일 신어도 되냐고 물으니까 엄마가 "그럼."이라고 대답하는 부분입니다. 당장 일어나서 신발을 신고 방 안을 돌아다녀 보고 싶었지만, 어린것은 이불 속으로 들어갑니다. 왜냐하면 무엇이든지 좀 좋은 것은 아껴야 한다고 들어 왔기 때문이죠. 신발은 그 정도로 딸에게 세상에 둘도 없이 귀한 물건이었어요.

딸은 이제 겨우 다섯 살입니다. 이야기 흐름으로 볼 때, 태어나서 그때까지 한 번도 그렇게 좋은 선물을 받아 본 적이 없었을 거예요. 매일 어렵고 힘들게 살았을 겁니다. 먹는 것도 그렇지만 옷이나 신발 등은 아마 더 초라했을 거예요. 그 아이에게 예쁘고 빨간 신발이 생졌어요. 삼촌이 화신 구경을 가라고 사다 준……. 살아오면서 처음으로 기적과도 같은 일이 생긴 것이죠.

하지만 그 신발을 신고 엄마하고 화신 구경을 가려던 딸의 소박한 꿈은 물거품이 됩니다. 왜냐하면 삼촌이 강도 사건으로 경찰서에 구속되고, 엄마는 아기를 낳다가 세상을 떠났기 때문이죠. 또 엎친 데 덮친 격으로 아빠는 엄청난 피를 흘리며 택시 안에서 정신을 잃었어요. 그런 불행한 일이 일어나지 않았더라면 얼마나 좋았을까요.

요즈음 아이들은 이 소설에서 딸이 신발 한 켤레를 지나칠 정도로 소중하게 다루는 것을 보고, '어떻게 그럴 수 있을까?' 하고 고개를 갸우뚱할 거예요. 하지만 당시는 그 정도로 가난한 사람들이 아주 많았답니다.

지금 우리는 물질적으로 그 시대와는 비교할 수 없을 정도로 풍요롭게 살고 있어요. 너무도 가난해서 신발 하나, 옷 하나에도 세상 모든 것을 다 얻은 듯 큰 행복을 느꼈던 그 시대로 다시 돌아가기를 원하는 사람은 없을 겁니다. 하지만 웬만한 것은 거들떠보지도 않는 요즈음 세태가 귀하고도 귀한 그 무엇인가를 잃어버리고 있는 것 같아 안타까운 마음이 듭니다. 그래서 예쁜 신발을 소중하게 간직하는 딸아이의 마음만은 우리가 꼭 기억했으면 하고 바랍니다.

철호는 왜 명숙의 구멍 난 양말을 보고 애정을 느꼈을까요?

철호는 양공주인 명숙을 매우 못마땅하고 부끄럽게 생각했어요. "하나밖에 없는 누이동생이 정말 밉고 원망스러웠다."라고 말하는 부분에서 알 수 있어요.

또 철호는 전찻간에서 명숙이 미군과 함께 있는 모습을 보는 순간 확 낯이 달아올랐어요. 특히 전차에 탄 사람들이 미군과 함께 있는 명숙에게 하는 험담을 듣고는 앞에 있는 커다란 유리를 콱 머리로 받아 부수고 싶은 충동을 느끼며 어금니를 꽉 맞씹었지요. 그리고 문짝에 기대어 눈을 감아 버렸어요.

이처럼 철호가 명숙을 부끄러워한 까닭은 양공주를 경멸하고 천대하는 당시의 사회적 분위기 때문이에요. 미군을 상대하는 양공주들은 곧은 절개를 중시하는 우리의 전통적 여성상과 윤리관을 무너뜨리기 때문에 민족의 수치로 생각됐지요. 우리 사회는 양공주들이 이미 한국 여성이기를 거부했다고 여겼어요. 그래서 전후에 미군들과 함께 다니는 여성들을 보면 아이들조차 침을 뱉고 돌을 던졌다고 해요.

성매매를 하게 된 동기가 '생활고'임에도 불구하고 양공주 노릇을 하는 여성들은 사람들로부터 심한 경멸과 천대를 받았어요. 그래서

　양공주로 불리던 여성들은 사회적 비난과 더불어 가족에게도 외면당한 채 원망을 들어야 했지요. 가족의 생계를 위해 어쩔 수 없이 양공주가 되었던 명숙도 예외는 아니었어요.

　소설 전반부에서 철호는 양공주 노릇을 하는 명숙을 매우 부끄럽게 생각해요. 하지만 병원에 간 아내를 위해 돈을 내놓는 명숙의 뒷모습에서 구멍 뚫린 양말 뒤축을 보면서 어떤 깨끗함을 느껴요. 그리고 참으로 오래간만에 명숙에 대한 오빠로서의 애정을 느끼죠. 이렇듯 명숙에 대한 철호의 생각이 바뀌게 된 까닭은 무엇일까요?

　그것은 겉으로 보이는 차가운 행동과는 달리 자신이 처한 상황에

서 최선을 다하여 성실하게 살아가고 있었음이 '구멍 뚫린 양말 뒤축'을 통해서 나타나고 있기 때문입니다. 명숙은 사회적으로 비난받는 일을 하면서 돈을 벌고 있기는 하지만, 한 푼도 헛되이 쓰지 않아요. 그리고 어렵게 모은 돈을 올케(오빠의 아내) 병원비로 내놓는 것에서, 가족에 대한 사랑을 알 수 있었던 것이지요. 그래서 철호는 오랜만에 명숙에게 오빠로서의 애정을 느꼈던 겁니다.

  명숙은 전쟁으로 고통 받았던 여성들의 힘든 삶을 극명하게 보여 주는 인물이에요. 또한 부도덕하고 부정적인 현실 앞에서 전통의 윤리적 잣대를 뛰어넘어 자신의 몸을 던져 험한 세상을 이겨 나가는 현실적이고 강인한 인물이라 할 수 있습니다.

> 정절이 높으기가 세계에서 둘째가기를 서러워한다는 우리 여성들이건만 외국 군인들과 정을 통해서 색다른 자식을 낳아서 그 수효가 거진 500여 명이나 되리라고 하니 이것을 욕된 일이라고 부끄러워하고 수상한 짓이라고 하여 남의 일 보듯 웃어 버려야 할 일인가.
>
> —《한국일보》1954년 8월 9일 자

아내의 모습이 예전과 달라진 까닭은 무엇인가요?

꼽추처럼 꼬부리고 앉은 아내의 그림자는 헝클어진 머리카락이 괴물스러웠다.

무대에 나선 그네는 더욱 예뻤다. E여자대학 졸업 음악회였다. 노래가 끝나자 박수 소리가 그칠 줄을 몰랐다. 그날 저녁 같이 거리를 거닐던 그네는 정말 싱싱하고 예뻤었다. 그러나 지금 철호 앞에 쭈그리고 앉은 아내는 그때의 그네가 아니었다. 무슨 둔한 동물처럼 되어 버린 그네. 이제 아무런 희망도 가져 보려고 하지 않는 아내.

철호의 아내는 원래 음악 대학에 다니는 아름다운 여학생이었어요. 그런데 지금은 '싱싱하고 예쁜 모습'이 아니라 '꼽추처럼 꼬부리고 앉아' 아무것도 하지 않으려는 '괴물'과 같은 모습으로 그려지고 있어요. 그녀는 과거 E여자대학을 다닐 정도로 굉장히 멋지고 당당한 여학생이었지만, 이제는 그러한 자신의 모습조차 기억하지 못한 채 무기력하고 고단하게 살아가고 있어요. '아무런 희망도 가져 보려고 하지 않는 아내'는 이제 자신의 삶을 점점 잃어 가고 있는 것처럼 보이네요. 그런 아내의 모습은 남편인 철호의 눈을 통해 '괴물'과 '둔한 동물'처럼 추악한 모습으로 그려지고 있어요.

그토록 곱고 예쁘던 아내는 왜 이렇게 슬프고 비참한 모습으로 바뀌게 된 걸까요? 바로 전쟁 때문이에요. 전쟁이라는 특수한 상황은 이 땅의 누구에게도 편안한 잠자리와 만족스러운 음식을 허락하지 않았어요. 해방 이후 미미하게 이어지던 산업의 뿌리마저 흔들리면서, 우리 사회 전체는 극심한 생활고에 시달리게 되었거든요. 그야말로 민족 전체가 고통 받던 시대라고 해도 과언이 아니지요. 한국 전쟁에 참전한 남성들이 신체적·정신적 상처에 시달리며 고통스러워 하고 있었다면, 여성의 삶 역시 그와 무관할 수 없었겠지요. 철호 아내도 어머니와 정도만 다를 뿐 상처를 스스로 극복하지 못하고 암담한 현실을 벗어날 의욕이 전혀 없는 인물로 그려지고 있어요. 이러한 아내의 증상을 심리학적으로는 '우울증'이라고 해석해 볼 수 있습니다. 슬픔, 절망, 의기소침한 느낌이 기분으로만 그치는 것이 아니라 일상생활에 지장을 초래하거나 신체적·정서적으로 여러 가지 다른 형태의 증상으로 번지게 되는 증상을 '우울증'이라고 해요. 우울증에 빠진 사람들은 슬픔, 절망, 좌절감, 자기 비하, 무능력을 경험하게 되며, 다른 사람에 대해 무관심해지고 사소한 일에 쉽게 울게 된답니다. 또한 모든 활동에 의욕을 잃고, 기쁘거나 즐거운 감정도 잘 못 느끼게 됩니다. 아내의 증상과 비슷하지요?

아내는 집안에서 희망적이지 않은 미래에 대해 절망하며, 무기력하고 우울하게 살 수밖에 없었어요. 그녀는 '어머니', '아내', 그리고 '며느리'라는 역할 때문에, 명숙처럼 대외적인 경제 활동을 하기도 어려웠을 거예요. 전쟁으로 인한 혼란, 경제적 궁핍으로 인한 답답함, 가족들의 고통을 덜어 주지 못하는 데서 오는 미안함, 벗어날 수 없는 상황에 대한 절망이 그녀를 이렇게 우울하고 무기력하게 만들지 않았을까요? 이러한 상황 속에서 힘겨운 삶을 이어 가고 있는 아내의 모습을 더 자세하게 들여다보기로 해요.

컴컴한 구석에 앉아 있던 철호의 아내가 슬그머니 일어섰다. 담요 바지 무릎을 한쪽은 까망, 또 한쪽은 회색으로 기웠다. 만삭이 되어서 꼭 바가지를 엎어 놓은 것 같은 배를 안은 아내는 몽유병자처럼 철호의 앞을 지나 나갔다. 부엌으로 나가는 것이었다. 분명 벙어리는 아닌데 아내는 말이 없었다.

아내는 고통스러운 현실을 피해 컴컴한 구석에 자신의 삶을 숨겨 보려고 하네요. 프랑스 철학자 바슐라르는 "인간은 구석을 통해 삶을 숨기려 한다."라고 했는데, 이는 고단한 현실에서 도망치고 싶어 한다는 뜻이에요. 전후의 피폐한 상황 속에서 괴로워하던 아내 역시 마찬가지였겠지요. 그곳은 어둠 속에 숨겨져 있긴 하지만, 완전한 도피의 공간이 되지는 못한다는 점에서 아내에게 큰 위안이 되지는 못했답니다.

또 절망적인 상황 속에서 아내는 어머니처럼 정신을 잃지는 않았지만, '벙어리'처럼 말을 하지 않아요. 그녀의 말없음은 그녀가 얼마나 힘겨운 삶을 살고 있는가를 말해 주고 있어요. 그녀가 남편과 소통하지 못하는 것은 그녀의 삶이 고단하기 때문이지만, 동시에 삶이 힘들다는 이유로 스스로 대화하기를 거부하기 때문이기도 한 것이지요. 고통을 피하기 위해 숨기도 하고 세상과의 소통을 거부하기도 하면서, 아내 나름대로는 힘겨운 현실로부터 도망치려고 했던 거예요. 이러한 모습들이 생각하기에 따라서는 도피적이고 소극적으로 보일 수도 있겠지만, 얼마나 힘들었으면 그랬을까 생각하면서 아내의 삶과 고통에 대해 헤아려 보는 것도 좋을 것 같아요.

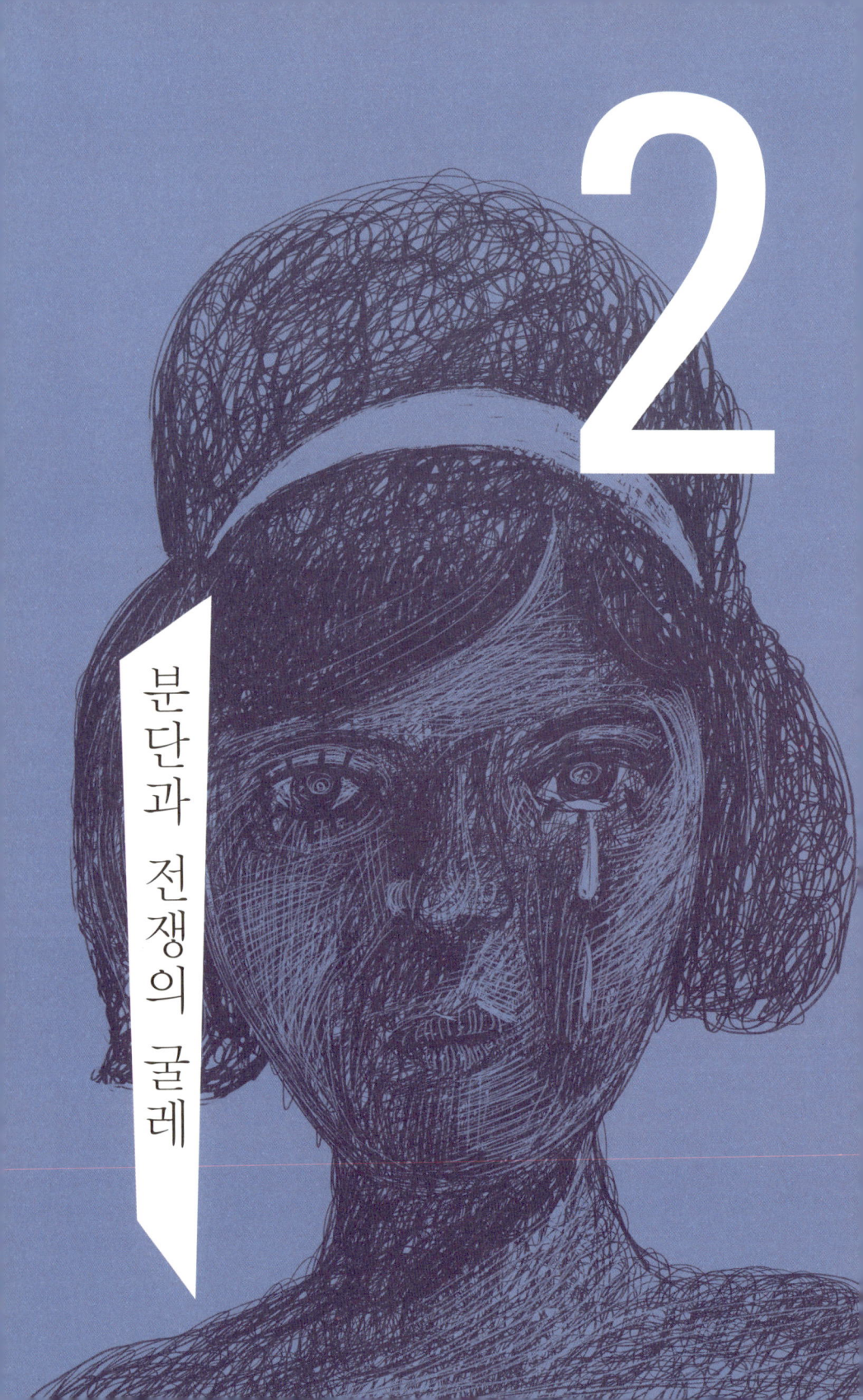

2

분단과 전쟁의 굴레

'양공주'가 무엇인가요?

> 양공주 노릇을 하는 누이동생 명숙이가 걸려들면 그 신원 보증을 해야 하는 철호였다. 그때마다 철호는 치안관 앞에서 낯을 못 들고 앉았다가 순경이 앞세우고 나온 명숙을 데리고 아무 말도 없이 경찰서 뒷문을 나서곤 하였다.

'양공주(洋公主)'는 서양 사람에게 몸을 파는 여자를 비꼬아 이르는 말이에요. 이는 '서양식'을 뜻하는 '양'이란 말과 '공주'라는 말이 결합된 것이지요. 비슷한 말로는 '양색시'나 '양부인' 등이 있어요.

그런데 이렇게 부정적인 뜻을 담고 있는 말에 왜 '공주'가 들어갈까요? 아마도 그것은 서양인, 특히 미군을 상대로 몸을 팔아 번 돈으로 다른 사람들보다 비교적 수월하게 먹고사는 여자라는 비아냥거림인 것 같아요.

어쩔 수 없이 양공주가 되었다고 해도 그것은 다른 사람들에게 손가락질을 받는 일임이 분명해요. 또한 누군가가 신분을 보증해 주어야 하는 불법적인 직업이기도 하고요. 그렇다면 명숙은 왜 양공주가 되었을까요? 명숙이 양공주가 되었던 당대의 사회적·시대적 배경은 어떠했을까요?

한국 전쟁은 우리 민족에게 해방의 혼란보다도 더 큰 충격이었어요. 많은 사람의 생명과 재산을 앗아 갔지요. 남한의 인명 피해만도 사망자·행방불명자·납치자가 100만여 명, 부상자가 69만여 명에 달

했어요. 그리고 경상남도 일대를 제외한 거의 모든 지역의 산업 시설이 못쓰게 되었지요.

그리고 전쟁에 참전한 남성들은 죽음의 공포에 고통스러워 했고, 여성들은 남성들이 없는 현실 속에서 스스로 살아가야 했습니다. 전쟁으로 남편을 잃은 여성을 포함한 50만 명 이상의 홀로된 여성들은 자식과 부모를 부양하기 위해 어떤 형태로든 생계를 떠맡아야 했어요.

하지만 당시 대다수의 여성은 전문적인 기술이나 지식이 없었고, 교육도 제대로 받지 못했기 때문에 마땅한 일자리를 구하기가 어려웠어요. 여성이 할 수 있는 일은 행상 같은 보잘것없는 소규모 상업이나 삯바느질, 식모살이, 농업 노동, 천을 짜는 공장에서의 노동 등이 대부분이었지요. 한편 전쟁 후에 미군들이 임무 수행을 위하여 일정한 곳에 집단적으로 얼마 동안 머무르기 시작하면서, 이들을 대상으로 한 성매매가 확대되었어요. 그래서 특별한 기술이나 자본 없이도 돈을 벌 수 있는, 이른바 '양공주'로 전락한 여성들도 있었습니다.

명숙도 전쟁 속에서 가난에 내몰린 가족의 생계를 위해 미군을 상대로 몸을 파는 양공주가 되었던 거예요. 무능력한 가장인 철호가 짊어졌던 고단한 삶의 무게를 나누기 위해 양공주가 될 수밖에 없었던 것이지요.

철호는 왜 어머니에게 '자유'를 설명하지 못하나요?

　자유라는 것을 어머니에게 이해시키기란 삼팔선을 인식시키기보다도 몇백 갑절 더 힘드는 일이었다. 아니 그것은 거의 불가능한 일이라 했다. 그래 끝내 철호는 어머니에게 자유라는 것을 설명하는 일을 단념하고 말았다.

철호 어머니는 북쪽에 살다 해방 이후 남쪽으로 내려왔어요. 어머니는 늘 고향에 가고 싶어 하지요. 하지만 갈 수가 없어요. 삼팔선이 가로막고 있기 때문입니다.
　삼팔선은 남과 북에 사는 사람들의 사상과 삶을 완전히 갈라놓은 선이에요. 그 선을 넘는다는 것은 단순히 경계선을 넘는 것이 아니라 우리와 적대적 관계에 있는 다른 체제를 선택하는 거예요. 그렇기 때문에 철호네 가족은 다시 북한으로 갈 수 없는 것이지요.
　철호가 어머니에게 자유를 설명하지 못하는 것도 이와 관련이 있어요. 어머니에게 자유가 없었던 시대는 일제 강점기였어요. 그러니까 '해방'은 어머니에게 나라를 되찾은 것이고, 우리 민족을 억압하던 일본이 물러간 것이며, 자유를 되찾은 것일 겁니다. 그런 어머니에게 같은 민족끼리 남과 북으로 갈라져 정치적, 이념적으로 대립하는 것은 이해할 수 없는 상황일지도 모릅니다. 어머니에게는 '해방'이 곧 자유였을 테니까요.

하지만 철호가 말하는 자유는 조금 다릅니다.

철호가 가족을 데리고 남한으로 내려온 순간부터 철호네 가족은 대한민국의 국민이에요. 대한민국 국민이라는 것은 대한민국 헌법에 따라 국민으로서의 지위와 권리를 갖게 되는 것을 말하지요. 그러니까 철호가 말하는 자유는 대한민국 헌법에 보장된 것에만 해당하는 겁니다. 대한민국 헌법에서 인정하지 않는 '북한'을 선택하거나 그곳에 갈 자유는 아예 없는 것이지요.

또 철호가 말하는 자유는 남한과 북한의 경제 체제와도 관련이 돼요. 북쪽에서 괜찮게 살았던 철호네는 북한이 공산화되면서 많은 것을 잃을 수밖에 없었을 겁니다. 북한은 개인 소유보다 국가 소유를 중시하기 때문이지요. 반면 남한은 북한보다 자유롭게 부를 쌓을 수 있어요. 철호네 가족이 남한을 택한 것도 이 때문이라 할 수 있어요. 철호가 이런 것들을 어머니에게 설명하기란 쉽지 않았을 것입니다. 일제 강점기를 산 어머니에게 정치나 체제 같은 것들은 일본의 억압보다 중요한 것이 아닐지도 모르니까요.

또 다른 까닭은 철호의 처지에서 찾을 수 있어요. 역설적이게도 자유가 철호네 가족을 얽어매고 있다고 볼 수 있기 때문이지요. 철호는 남한에서 자유롭게 일하고 일한 만큼 대가를 받고, 어디든 자유롭게 갈 수 있어요. 하지만 철호는 일을 해도 가난을 벗어나지 못합니다. 철호에게 자유는 자기 노동을 파는 자유일 뿐이며, 노동을 팔아도 생계를 이어 나가기 어렵기 때문에 자신의 무능력을 느끼는 자유일 뿐입니다. 또 철호는 '해방촌'이라는 해방된 공간에 살지만 그곳을 벗어날 자유가 없어요. 그것 역시 돈이 없기 때문입니다. 그렇게 본다면 철호가 남한으로 내려와 자유를 얻긴 했지만, 돈이 없기 때문에 그의 자유는 결코 자유스럽지 못하네요. 그래서 철호는 그의 어머니를 설득하지 못하는 겁니다.

그렇다면 우리는 철호보다 더 자유롭다고 말할 수 있을까요?

만일 우리가 일을 해서 돈을 벌어야 생계유지가 가능하다면, 철호나 우리 처지는 크게 다르지 않을 겁니다. 왜냐하면 자본주의 사회

에서는 돈이 있어야 원하는 것을 사거나 하고 싶은 것을 할 수 있으며, 돈을 벌려면 노동을 팔아서 일을 해야 하기 때문이지요. 자본주의 사회에서는 영화를 보기 위해서도, 여행을 가기 위해서도, 자장면을 먹기 위해서도, 텔레비전을 보기 위해서도, 버스를 타기 위해서도, 옷을 입기 위해서도 돈이 필요합니다. 그리고 가진 돈만큼 원하는 것을 사거나 하고 싶은 것을 할 수 있는 자유가 생긴답니다.

이렇게 보면 우리도 '자유'스럽지 못하기는 철호와 크게 다를 바 없네요. 우리나 철호나 '돈'에 얽매여 있으니까요.

전쟁에서 다친 사람들에게
아무런 보상도 없었나요?

영호는 가난하더라도 깨끗하게 살아가려는 형에게, 우리만 양심의 울타리 안에 갇혀 있을 필요가 없다고 하면서 불평을 늘어놓아요. 그러면서 두 형제 사이에 말다툼이 벌어지지요. 철호는 동생인 영호에게 마음 한구석이 비틀려 있기 때문에 그런 생각을 하는 거라고 말해요. 그러자 영호는 "이놈의 배때기에 지금도 무슨 내장이기나 한 것처럼 박혀 있는 파편이 터지기 전"에 마음이 비틀렸어야 했다고 울분을 터트립니다. 우리는 영호가 한 말에서, 그가 전쟁터에 나갔다가 장애를 입고 돌아왔다는 것을 알 수 있어요. 이런 사람들을 '상이용사'라고 불렀어요. '상이(傷痍)'란 '부상을 당했다'는 뜻이에요.

  제대해서 고향 집으로 돌아온 군인들, 그 가운데서도 상이용사들은 사회에 적응하기가 힘들었어요. 그래서 이들은 행패 부리고 폭력사건 일으키는 말썽꾸러기인 경우가 많았지요. 하지만 이들이 이럴 수밖에 없었던 것은 전쟁이 가져다준 육체적·정신적 상처 때문이었어요.

  영호는 어머니의 원수를 갚으려고 스스로 군대에 갔어요. 군대에 가면 전쟁터에서 죽을 수도 있기 때문에 대부분의 사람들은 가기를 꺼렸지만, 영호는 제 발로 간 것입니다. 그리고 영호는 전쟁이 일어났을 때 대학을 다니고 있었어요. 그 당시에는 대학생이 별로 없었기 때문에(중학교만 나와도 많이 배운 사람으로 취급받았답니다.) 대학생들은 군대에 가지 않거나 가더라도 후방에서 사무 보는 일을 했어요. 영호는 스스로 원해서 군대에 간, 그것도 대학생이 군대에 간 보기 드문 경우예요. 영호가 그럴 수 있었던 것은 그가 월남한 사람으로서 강한 반공정신을 지니고 있었기 때문일 것입니다.

하지만 전쟁에 참전했던 대다수 군인들은 영호와는 달리 못 배우고 못살던 사람들이었어요. 이들 가운데 대부분은 강제로 끌려갔지요. 그런데도 1950년대 한국 사회는 이들의 상처를 치료해 주기는커녕 제대로 된 경제적 지원조차 해 주지 않았어요. 게다가 관리들의 부정부패가 심해서 이들에게 줘야 할 돈을 가로채는 일이 자주 일어났답니다.

"아무리 우리가 도둑처럼 취급받는다고 하더라도 하루바삐 직장을 마련하여 주기만 한다면, 우리는 말썽을 피우지 않을 것이고 사회의 버팀목으로서 떳떳하게 살 수 있을 것"이라고 한 어느 상이군인의 말에서 알 수 있듯이, 근본적인 대책은 이들이 사회에서 안정적으로 살 수 있도록 일자리를 주는 것이었어요. 하지만 당시 한국 사회는 이들에게 기회를 주지 않았습니다. 전쟁에서 돌아온 상이군인들은 전쟁이 가져다준 육체적·정신적 상처를 안고, 정부의 손길로부터 버려진 채 가난과 고통 속에서 무기력하게 살아갔답니다.

왜 철호 어머니는 자꾸만
"가자!"라고 하나요?

"가자!"
아랫방 아랫목에서 몸을 뒤채는 어머니가 잠꼬대를 했다. 어머니는 이제 꿈속에서마저 생활을 잃어버린 모양이었다. 아주 낮은 그 소리는 한숨처럼 느리게 아래위 방에 가득 차 흘러 사라졌다.

이 소설에서 "가자!"라는 외침은 스물네 번 나옵니다. 그 가운데 철호가 택시 안에서 외치는 것을 빼면, 스물두 번은 어머니가 외친 거예요. "가자!"라는 외침은 어머니가 얼마나 간절하게 고향으로 돌아가고 싶어 하는지를 보여 줍니다. 하지만 현실적으로 고향으로 돌아갈 수 없는 상황이기에 어머니의 '쨍쨍한 소리'는 피맺힌 울음에 가깝게 느껴집니다.

또 소설 전체의 분위기를 지배하는 구실을 해요. '미라', '시체'와 같은 상태로 방 안을 떡 차지하고 "가자!"라는 소리를 반복하는 어머니 때문에, 이 소설은 침울하고 절망적인 분위기를 이룹니다. 어머니의 외침은 '한숨처럼 느리게 아래위 방에 가득 차' 흐르며, '저 땅 밑에서 새어 나오듯' 하니까요.

그리고 등장인물들에게 비참한 현실을 거듭 확인시켜 주고 깨닫게 만듭니다. 철호가 고향을 그리워하다 돌아올 때나 아내의 젊은 날을 회상할 때, 명숙이 잠자리에서 엄마 손을 잡았을 때, 철호 딸이 빨간 신발을 신어 보았을 때 어김없이 어머니의 외침이 들려옵니다. 그 소리를 들은 사람들은 잠시도 현실의 비참함에서 벗어날 수 없다는 사실에 절망하지요. 특히 가장인 철호는 그 소리에 극도의 중압감을 느끼며 부정적 반응을 보입니다. 넛줄이 팽팽히 헤어지며, 두 주먹으로 무엇이건 꽉 때려 부수고 싶은 충동에 어금니를 바서져라 맞씹기도 하고, 저주 같은 소리라 인식하기도 하며, 꽥 소리를 지르기도 하는 것이지요.

이러한 의도 때문일까요, 이 소설을 읽고 나면 "가자!"라는 외침이 가장 선명하게 기억에 남게 돼요.

철호 어머니는 왜
'무너뎄눈데'라고 말할까요?

"큰애야 이젠 정말 가자. 데것 봐라. 담이 홈싹 무너뎄는데. 삼팔선의 담이 데렇게 무너뎄는데. 야."

철호 어머니는 왜 위와 같이 말할까요? 혹시 혀가 짧아서일까요?
  우리는 철호 어머니가 한 말에서 그녀가 살던 곳을 짐작해 볼 수 있어요. 철호 어머니는 '데것', '무너뎄는데', '데렇게' 같은 말을 하는데, 이것은 구개음화가 반영되지 않은 발음이에요. 우리 방언 가운데 구개음화가 일어나지 않는 특성을 지닌 것은 평안도 방언이에요. 그러니까 평안도가 바로 철호 어머니 고향이라는 것을 알 수 있어요.

그렇다면 구개음화가 무엇일까요? 구개음화는 끝소리가 'ㄷ, ㅌ'인 형태소가 'ㅣ' 혹은 반모음 'ㅣ'로 시작되는 형식 형태소를 만나면 'ㅈ, ㅊ'으로 발음되는 음운 현상을 이르는 말이에요. 좀 어렵죠? 사례를 들면 훨씬 쉽게 이해될 거예요.

'굳이'를 발음해 보면 'ㄷ'이 'ㅣ'를 만나서 발음이 'ㅈ'으로 바뀌었지요? 이런 것을 구개음화라고 합니다. 구개음화가 일어나는 까닭은 발음을 편하게 하기 위해서예요. 발음되는 위치가 'ㄷ'보다는 'ㅈ'이 'ㅣ'와 가깝기 때문에 발음의 경제성을 위해 음운이 변화되는 것이지요. 철호 어머니의 대사에서 '데것', '무너뎄는데', '데렇게'의 '데'와 '뎄' 등은 'ㄷ' 뒤에 반모음 'ㅣ'가 오기 때문에 'ㅈ'으로 바뀌는 것이 더 발음하기 편리하지만, 특이하게도 평안도 방언에서는 이런 변화가 없어요.

구개음화가 일어나지 않는 어머니의 말을 통해 우리는 철호네가 떠나온 곳이 평안도라는 것을 알 수 있었어요. 그로부터 60년이 넘는 세월이 흐른 지금, 남북한의 언어는 또 얼마나 달라졌을까요?

'오발탄'이 무엇인가요?

"하, 참 딱한 아저씨네."
"……."
"취했나?"
운전수가 조수 애를 쳐다보았다.
"그런가 봐요."
"어쩌다 오발탄 같은 손님이 걸렸어. 자기 갈 곳도 모르게."

소설 제목을 이해하는 것은 작품을 이해하는 첫걸음이에요. 제목은 작품의 내용과 주제를 가장 상징적으로 드러내는 구실을 하니까요.
 '오발탄'은 철호의 모습을 나타낸 말이라고 할 수 있어요. 철호는 성실하게 가족을 부양하며, 사회 구성원으로서 양심을 지키며 살았어요. 하지만 동생이 강도짓을 하다 잡히고, 아내가 아이를 낳다가 죽으면서 철호의 가정은 한순간에 무너졌어요. 그리고 이 모든 상황은 철호에게 큰 충격이었지요. 그래서 철호는 삶의 목표를 상실한 채 어디로 가야 할지 정하지 못하고 걷기만 해요.

이렇게 방황하는 철호의 모습은 택시 안에서도 확인할 수 있어요. 해방촌, 병원, 경찰서는 철호가 지금 당장 가야 할 곳이지만, 해결하지 못하는 문제들만 있을 뿐이라서 그곳들을 외면해 버려요. 그런데 철호가 급기야 택시 기사에게 "가자!"라고 반복해서 외쳐요. 하지만 목적지가 정해져 있지 않은 무의미한 외침이지요. 어머니의 외침을 지겨워하던 철호가 "가자!"라고 외치는 것은 철호가 어머니처럼 혼미한 심리 상태에 이르렀음을 말해 주는 거라고 볼 수 있어요.

　택시 기사는 이런 철호에게 '오발탄 같은 손님'이라고 말해요. 그리고 철호도 자신에게 '조물주의 오발탄'이라고 말하지요. 하지만 철호는 조물주가 처음부터 잘못 만든 불량품이 아니에요. 철호는 가장으

로서, 사회 구성원으로서 성실하게 살았던 인물이었어요. 철호를 오발탄으로 만든 것은 누구의 책임도 아니에요. 전쟁 후의 상황이 철호를 그렇게 만든 것입니다.

철호의 모습은 우리 사회의 혼란과 역사적 비극이 만들어 낸 자화상이라 할 수 있어요. 그리고 우리도 어쩌면 철호처럼 '오발탄'이 될 수 있어요. 열심히 공부해서 대학을 졸업하지만, 일자리를 구하지 못하고 방황하는 젊은이들을 대변하는 신조어들은 '오발탄'의 또 다른 표현일 거예요.

'캥거루족'이라는 말을 들어 본 적이 있나요? 20대 중반이 지났는데도 부모에게 얹혀사는 젊은이들을 가리키는 말이에요. '삼일절'은 서른한 살까지 취업하지 못하면 취업 길이 막힌다는 의미고, '청백전'은 '청년 백수 전성시대'의 줄임말로 청년층 백수가 많은 현 상황을 비유하고 있어요.

하지만 여기에서 우리가 꼭 집고 넘어가야 할 것이 있어요. 현대 사회의 많은 젊은이들이 이런 모습으로 살아갈 수밖에 없는 것은 단지 개인의 노력이 부족하기 때문만은 아니라는 거예요. '철호'처럼 성실하게 살아가지만 바뀌지 않는 현실, 보이지 않는 결승점을 제시하고 있는 학교와 사회가 이들을 철호와 같은 오발탄으로 만든 거예요. 지금이라도 학교와 사회가 여러분과 많은 젊은이들을 오발탄으로 만들지 않기 위한 해결책을 진지하게 고민해야 할 때예요.

방황을 소재로 한 시

길 (김소월)

어제도 하로밤 / 나그네 집에
가마귀 가왁가왁 울며 새었소.

오늘은 / 또 몇십 리 / 어디로 갈까.

산으로 올라갈까 / 들로 갈까
오라는 곳이 없어 나는 못 가오.

말 마소, 내 집도 / 정주(定州) 곽산(郭山)
차 가고 배 가는 곳이라오.

여보소, 공중에 / 저 기러기
공중엔 길 있어서 잘 가는가?

여보소, 공중에 / 저 기러기
열십자(十字) 복판에 내가 섰소.

갈래갈래 갈린 길 / 길이라도
내게 바이 갈 길은 하나 없소.

시적 화자는 어디로 가야 할지 몰라서 방황하고 있어요. 산과 들, 갈래갈래 갈린 길을 따라 무작정 간다면 어느 곳이든지 도착할 수는 있겠지만, 그곳은 가고 싶은 목적지도 마음 편안히 쉴 수 있는 안식처도 아니에요.
철호도 네거리 앞에 있지만 어디로 가야 할지 정하지 못하고 있어요. 지금 이 순간 철호가 이 시에 등장하는 기러기들을 보았다면, 어디론가 주저 없이 날아가는 그들의 모습을 부러워했을 것 같네요.

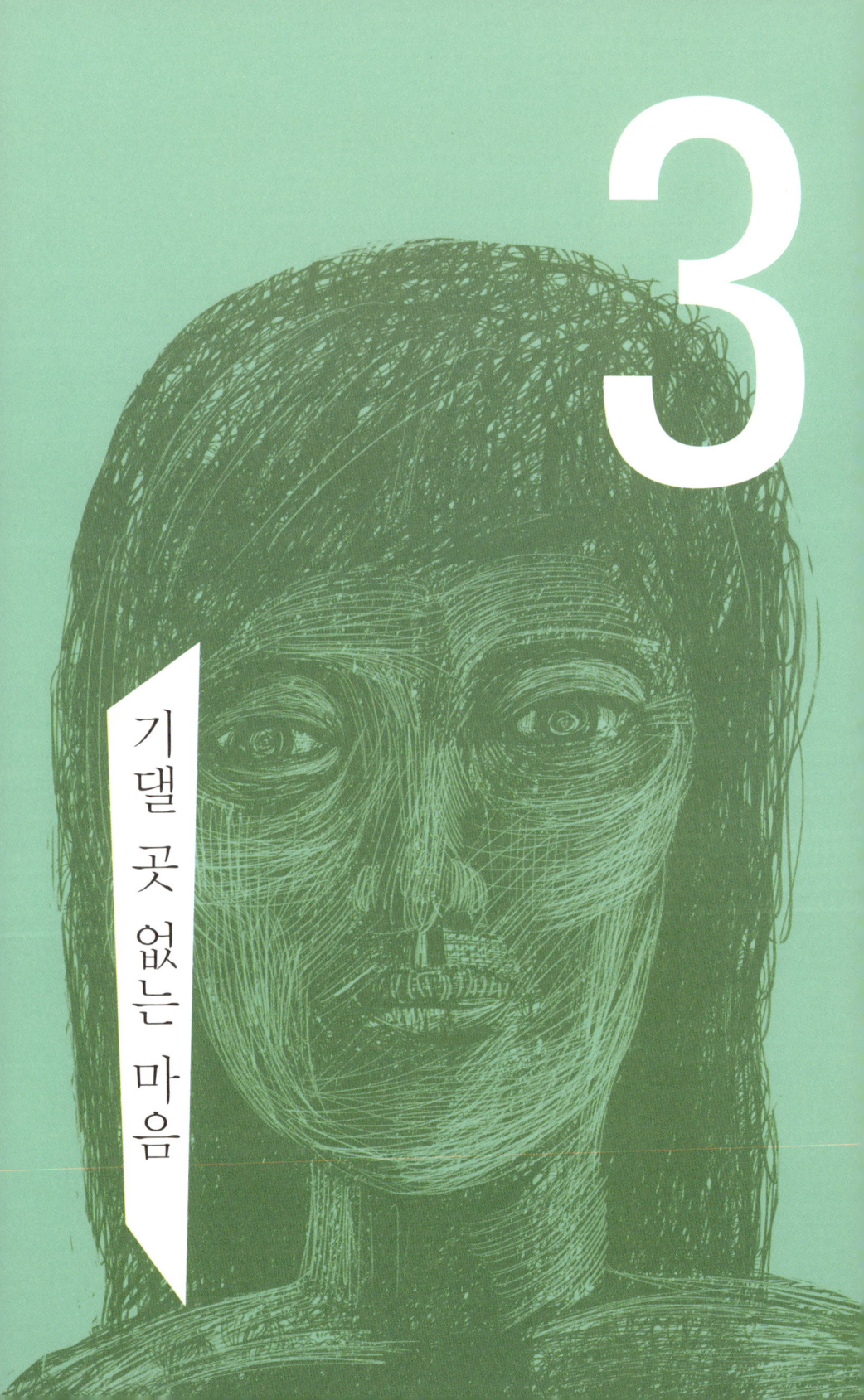

철호와 영호는 왜 갈등을 일으키나요?

"양심이란 손끝의 가십니다. 빼어 버리면 아무렇지도 않은데 공연히 그냥 두고 건드릴 때마다 깜짝깜짝 놀라는 거야요. 윤리요? 그건 나이롱 빤쓰 같은 것이죠. 입으나 마나 불알이 덜렁 비쳐 보이기는 매한가지죠. 관습이요? 그건 소녀의 머리 위에 달린 리본이라고나 할까요? 있으면 예쁠 수 있어요. 그러나 없대서 뭐 별일도 없어요. 법률? 그건 마치 허수아비 같은 것입니다. 허수아비……. 덜 굳은 바가지에다 되는 대로 코를 그리고 수염만 크게 그린 허수아비. 누더기를 걸치고 팔을 쩍 벌리고 서 있는 허수아비. 참새들을 향해서는 그것이 제법 공갈이 되지요. 그러나 까마귀쯤만 돼도 벌써 무서워하지 않아요."

철호는 가난하지만 양심을 지키고 자신을 희생하며 열심히 살아갑니다. 그리고 그것이 옳다고 믿고 있지요. 하지만 영호는 그런 형에게 용기가 없고 약한 사람이라고 하면서, 양심이니 윤리니 관습이니 법률 같은 것을 벗어던져야 한다고 말합니다.

  어쩔 수 없이 고향을 등지고 월남하여 해방촌에서 가난하고 힘겹게 살아가는 철호네 가족. 이러한 현실에 대한 인식과 그 대응 방식에서, 철호와 영호는 서로 생각이 달라 갈등을 겪고 있어요.

그렇다면 위에서 영호가 한 말을 통해 그의 생각을 한번 들여다볼까요? 영호는 양심, 윤리, 관습, 법률을 다른 대상에 빗대어 이야기하고 있어요. 아래처럼 정리할 수 있겠네요.

원관념	보조관념	의미
양심	손끝의 가시	빼 버리면 아무렇지도 않다.
윤리	나이롱 빤쓰	입으나 안 입으나 똑같다.
관습	소녀의 머리 위에 달린 리본	예쁘지만 없어도 별 상관없다.
법률	허수아비	까마귀는 허수아비를 무서워하지 않는다. 즉, 필요 없다.

결국 영호의 말은 '양심, 윤리, 관습, 법률은 지키지 않아도 된다'는 거예요. 이 말은 '어떤 짓을 하든지 무조건 잘 먹고 잘 살면 된다'고 하는 데까지 나아가지요. 그러나 철호 입장에서 보면 도무지 받아들일 수 없는 생각이에요. 그러니 둘 사이에 갈등이 생길 수밖에요.

여러분은 영호의 말에 대해 어떻게 생각하나요? 진짜로 우리가 양심, 윤리, 관습, 법률을 모두 무시해도 될까요?

여러분이 사회나 도덕 시간에 배운 뜻을 확인해 봅시다.

양심	사물의 가치를 변별하고 자기의 행위에 대하여 옳고 그름과 선과 악의 판단을 내리는 도덕적 의식
윤리	사람으로서 마땅히 지켜야 할 도리
관습	어떤 사회에서 오랫동안 지켜 내려와 그 사회 성원들이 널리 인정하는 질서나 풍습
법률	국가의 강제력을 수반하는 사회 규범. 국가 및 공공 기관이 제정한 법률

위의 것들은 다른 사람과 어울려 사는 사회에서 꼭 지켜야 할 것들이에요. 그런데 왜 영호는 지키지 않아도 된다고 하는 걸까요? 여러분들은 영호 말에 공감할 수 있나요?

"그저 우리들도 남처럼 다 벗어던지고 홀가분한 몸차림으로 달려 보자는 것이죠 뭐."

"그래요. 사람이란 과연 어떻게 살아야 하는 것인지는 정말 모르겠어요. 그렇지만 이제 이 물고 뜯고 하는 마당에서 살자면, 생명만이라도 유지하자면 어떻게 해야 할는지는 알 것 같애요. 허허."

소설에서 영호가 한 말들이에요. '우리들도 남처럼 다 벗어던지고', '이제 이 물고 뜯고 하는 마당에서 살자면'이라는 말을 통해 당시 많은 사람들이 양심이나 윤리, 관습, 법률을 지키지 않았음을 짐작할 수 있어요. 그러니까 전후 사회의 무질서하고 혼란스러운 모습이 영호에게도 영향을 준 거라고 할 수 있겠죠. 영호는 잘 못 살고, 잘 못 먹는 것에 대한 불만을 넘어서 다른 사람들처럼 막 살아야겠다고 생각하고 있는 거예요.

철호와 영호의 갈등은 '담배'에서도 드러나요.

"형님은 제가 이렇게 양담배를 피우는 게 못마땅하지요?"
"분에 맞지 않지."

"그렇지만 형님, 형님은 파랑새와 양담배 두 가지 중에서 어느 것이 더 좋으슈?"

"……? 그야 양담배가 좋지. 그래서?"

여기에 나오는 '파랑새'라는 담배는 1955년에서 1968년까지 판매가 되었던 국산 담배예요. 주로 일반 서민들이 많이 피웠지요.

철호는 자기 분수에는 서민적인 담배인 파랑새를 피는 게 옳다고 생각해요. 하지만 영호는 친구들이 준 양담배를 피우지요. 영호는 누릴 수 있다면 누리는 게 좋다는 생각을 가지고 있어요. 여기에서도 둘이 서로 다른 가치관을 지니고 있다는 것을 알 수 있습니다.

영호는 비싼 양담배를 누구에게 얻어서 핀다고 했나요? 친구들이 준다고 했는데, 친구들도 사실 넉넉한 형편은 아니에요. '외팔이, 절름발이, 그런 놈들'이니까요. 그런데 영호는 왜 그런 친구들을 만나고 양담배를 피우면서 돌아다니는 걸까요? 그 까닭은 자신의 상처를 이해해 주고 힘든 현실을 잠시나마 잊어버릴 수 있게 해 주기 때문입니다. 물론 영호가 그런 친구들과 어울린다고 해서 본질적인 문제가 해결되지는 않지만요.

철호와 영호가 다른 담배를 피우는 것은 서로의 경제관념이 다르다는 것을 보여 주는 장치로도 볼 수 있어요. 철호는 가족에게 필요한 만큼의 돈을 못 벌어다 주더라도 열심히 일하는 것이 중요하다고 생각하고, 동생은 자기가 할 수 있다면 은행 강도라도 해서 잘 먹고 잘 살고 싶어 하니까요. 담배를 통해서 형제의 생각과 앞으로의 행동을 생각해 볼 수 있게 만드는 것이에요.

지금까지 영호의 말과 행동을 중심으로 철호와 영호의 갈등에 대해서 살펴보았어요. 전후 사회라는 불안정한 시대, 양심적으로 열심히 일해도 가난을 벗어나기 힘든 상황임을 감안하더라도 영호의 생각과 태도는 옳지 않아 보입니다. 하지만 당시보다 경제적으로 훨씬 풍요로워진 지금도 생활고 때문에 범죄를 저지르는 경우가 종종 있으니, 먹고살기 힘들었던 당시에는 영호와 같은 생각을 가졌던 사람이 많았을 겁니다.

같은 상황에 처해 있다 하더라도 그 상황에 대처하는 방식은 저마다 다를 수 있습니다. 가난이라는 현실, 그 현실에 대응하는 철호와 영호의 경우처럼요. 생각이나 가치관이 다르기 때문이겠지요. 서로가 그 다름을 인정하고 존중해 준다면 문제가 없겠지만, 철호의 원칙과 영호의 억설은 쉽게 접점을 찾기 힘들어 보입니다.

왜 명숙은 어머니 손을 잡고 우나요?

"늦었구나."

영호가 여전히 두 다리를 쭉 뻗고 앉은 채 고개만 뒤로 젖혀서 명숙을 쳐다보았다.

명숙은 영호의 말에 아무런 대꾸도 없이 돌아서서 문 밖에서 까만 하이힐을 집어 올려 아랫방 모서리에 들여놓았다. 그리고 빽을 휙 방구석에 던졌다. 겨우 윗저고리와 스커트를 벗어 걸은 명숙은 아랫방 뒷구석에 가서 털썩 하고 쓰러지듯 가로누워 버렸다. 그리고 거기 접어 놓은 담요를 끌어다 머리 위에서부터 푹 뒤집어썼다.

철호는 명숙을 거들떠보지도 않고 덤덤히 등잔불만 지켜보고 있었다.

명숙은 집에 들어와서 그 누구와도 이야기하지 않고 담요를 끌어다 머리 위에서부터 푹 뒤집어써요. 다른 사람들과 대화하지 않고 외톨이가 된 채 세상으로부터 동떨어진 모습을 보이지요.

이런 명숙은 가족으로부터 위로를 받고 싶겠지만, 가족은 그런 명숙을 보듬어 주지 못해요. 그러나 명숙은 양공주라는 직업 때문에 가족과 사회로부터 외면당하는 현실에서 입은 상처를 겉으로 드러내지 못해요. 그래서 식구들이 모두 잠든 한밤에 기척 없이 일어나 정신 이상이 된 어머니를 껴안고 흐득흐득 울며 자신의 상처를 감싸 안으려 하지요.

하지만 "엄마!"라고 애절하게 부르며 우는 딸에게서 매정하게 손을 거두며 "가자!"라고 외치며 돌아눕는 어머니는 그녀에게 어떠한 위로도 될 수 없어요. 어머니는 제정신이 아니라 더 이상 딸에게 모성을 느끼지 못하기 때문입니다. 하지만 명숙은 어머니 손을 잡음으로써 조금이라도 위로를 받고 따뜻함을 느낄 수 있을 것이라 생각해요. 또 변해 버린 어머니 손에 자기 온기를 불어넣어 예전 어머니로 되돌리고 싶은 바람도 있었을 거예요. 그러나 명숙의 바람과 달리 어머니는 명숙의 손에서 자기 손을 빼어 돌아누워 버리지요. 그 순간 명숙의 작은 희망은 부질없는 행동이 되고, 그녀를 더욱 비참하게 만듭니다. 그 누구로부터도 위로를 받을 수 없었던 명숙의 고단한 삶이 짙은 연민을 자아내는 까닭도 여기에 있어요.

'인정선'이 무엇인가요?

"…… 인정선에서 걸렸어요. 법률선까지는 무난히 뛰어넘었는데. 쏘아 버렸어야 하는 건데."

'인정선'과 '법률선'이 뜻하는 것은 무엇일까요?
 '인정선(人情線)'은 '인정의 경계'를 뜻해요. '인정선에서 걸렸다'는 것은 인정 때문에 마음이 약해져서 무언가를 못했다는 것이지요.
 영호는 권총을 들고 은행 강도짓을 하다가 붙잡혔지요. 즉, 법률선을 뛰어넘었다고 한 것은 은행 강도짓을 했다는 거예요. 그런데 인정선에 걸렸다고 했지요? 그렇다면 인정선은 넘지 못했다는 건데, 그 바로 뒤에서 뭐라고 했나요? '쏘아 버렸어야 하는 건데.'라고 했어요. 즉, 쏘지 못했다는 것이지요. 자신이 경찰에 잡힌 것은 사람을 쏘지 못했기 때문이라는 거예요. 즉, 돈은 훔쳤지만 사람을 해치지 못해서 경찰에 잡혔다는 거지요. 이로 볼 때, 영호는 힘든 사회 현실 때문에 어쩔 수 없이 강도짓을 한 것이지 본성은 그리 나쁘지 않다고 생각할 수 있겠어요.
 그렇다고 해서 영호가 착하다고 볼 수는 없어요. 은행 강도짓을 한 건 분명 나쁜 거니까요.

영호는 직업도 없고 돈도 없어요. 그리고 암울한 집안 식구들을 보는 것이 답답한 일이었겠죠. 그러다 보니 잘못된 생각을 하게 된 거예요. 물론 영호가 열심히 일하려고 노력하지도 않고 나쁜 생각만 했다고 볼 수도 있어요. 하지만 영호가 처한 상황에 대해서 가볍게 넘기지 말고 좀 더 진지하게 생각해 봐야 해요. 영호가 살던 사회 상황, 그리고 영호가 아무리 노력한다 해도 달라지기 어려운 어머니의 모습, 그리고 열심히 노력하는 데도 암울해 보이는 형. 그렇기 때문에 영호는 그것들을 바꾸고, 경제적으로 더 나은 삶을 살기 위해 스스로가 은행 강도를 해야겠다고 마음먹은 거예요.

철호는 아내가 죽었는데
왜 슬퍼하지 않나요?

아무 희망도 없이 살아가던 철호 아내는 결국 아이를 낳다가 죽음을 맞이해요. 아내가 죽었다는 소식을 들었을 때, 철호는 어떤 반응을 보였나요?

  아내의 죽음을 전해 들은 철호의 태도는 이상하리만큼 차분한 것 같아요. 아내의 죽음에 대해 이야기하는 간호원보다 오히려 더 의연한 표정이고, 아내의 육신이 어디에 있는지조차 묻지 않아요. 철호는 왜 아내의 죽음을 슬퍼하지 않는 걸까요?

  아내는 이미 죽어 있었다.
  "네. 그래요."
  철호는 간호원보다도 더 심상한 표정이었다. 병원의 긴 복도를 흐청흐청 걸어서 널따란 현관으로 나왔다. 시체가 어디 있느냐고 묻지도 않았다. 무엇인가 큰일이 한 가지 끝났다는 그런 기분이었다. 아니 또 어찌 생각하면 무언가 해야 할 일이 생긴 것 같은 무거운 기분이기도 했다. 그러면서도 그 해야 할 일이 무엇인지는 좀처럼 생각이 나질 않았다. 그저 이제는 그리 서두를 필요도 없어졌다는 생각만으로 철호는 거기 병원 현관에 한참이나 우두커니 서 있었다.

정신병자가 된 어머니, 양공주가 된 명숙, 범죄자가 된 영호, 그리고 이제 마지막으로 아이를 낳다가 죽게 된 아내까지……. 이 모든 것들을 받아들이고 감당할 수 있을 만큼 강한 사람이 세상에 과연 몇이나 될까요? 가장 소중하게 생각했던 사람들이 무너지는 모습을 지켜보는 것만큼 힘든 일도 없어요. 그런데 철호는 가족 모두가 처참하게 무너져 가는 과정을 지켜보게 돼요. 이런 상황에서 철호는 과연 무엇을 할 수 있었을까요? 아내가 죽었다는 소식을 들었을 때, 평범한 가장이었던 아니 오히려 더 양심적이고 여린 사람이었던 철호의 마음은 정말 담담하고 후련했을까요? 가장인 철호가 가족들에게 해 줄 수 있는 일이 없다는 사실은 그를 더욱 비참하게 할 뿐이었답니다.

인간은 극심한 스트레스에 직면했을 때 스스로를 방어하기 위해 여러 가지 반응들을 보인다고 해요. 아내의 죽음 이후 철호가 보여 주는 비정상적인 모습은, 이겨 낼 수 없는 현실에 대한 일종의 보호 반응이라고 볼 수 있어요. 이는 아내의 죽음이 그에게 감당할 수 없을 만큼 충격적이었다는 것을 의미하는 것이기도 해요. 아내의 죽음 이후 철호의 의지나 삶에 대한 신념은 완전히 무너졌다고 생각해도 될 거예요. 아내의 죽음 앞에서 어떠한 저항도 하지 못한 채 지켜보고 있어야만 하는 무력한 가장의 모습과, 따뜻한 배려와 보호를 필요로 하는 임신한 여성이 영양실조로 아이를 낳다가 죽는다는 이야기는 한국 전쟁 이후의 피폐함을 더욱 아프게 실감하게 하네요. 사랑하던 아내가 죽었는데도 마음 놓고 슬퍼할 수조차 없는 당시의 비참한 현실에 대해 생각해 보면서, 전쟁과 가족의 의미를 다시 한번 새겨 보도록 해요.

어느 날 갑자기 배우자를 잃는다면?

연구 결과에 따르면, 사람들은 '배우자의 죽음'을 일생 동안 겪어 내야 할 가장 큰 충격으로 받아들인다고 해요. 모든 것을 함께해 왔던 삶의 동반자를 잃었을 때 사람들은 어떤 반응을 보이게 될까요? 여러분도 사랑하는 사람이 여러분보다 먼저 죽게 된다면 어떨지 상상해 보세요. 또 아래 글을 읽고 배우자의 죽음을 겪은 사람들은 어떤 반응을 보이고 있는지 살펴보도록 해요.

관절염 수술을 하다 주사 쇼크로 아내를 잃은 ○○씨(42세) 인터뷰
옷장을 열면 아내가 즐겨 쓰던 재스민 향수의 냄새가 아직도 남아 있어 그립다는 ○○씨. 일 년 동안은 슬픔과 분노, 원망으로 아무것도 할 수 없었다며 그때의 고통을 회고한다.
"그런데 제게 아이들이 있더군요. 아무런 유언도 하지 못하고 어린 자식을 두고 떠난 아내의 원통함을 생각하면 정신 차려야겠다고 생각했어요."
"저 역시 아내의 죽음을 생각해 본 적 없었어요. 언제나 전화하면 목소리 들을 수 있고, 맛있는 거 먹고 싶다면 한 상 차려 주는……. 늘 옆에 있는 사람이었죠. 떠나는 사람도 남은 사람도 아무 준비 없이 슬픔을 겪었죠. 그래서 저는 친구 부부들에게 이야기해요. 배우자가 갑작스럽게 죽는다면 어떻게 할지 상황 설정을 해 보라고요. 유언일 수도, 막연한 미래에 대한 준비일 수도 있잖아요."

김춘수 시인은 아내를 잃은 슬픔을 〈강우(降雨)〉라는 시에 담았어요.

조금 전까지 거기 있었는데 / 어디로 갔나 / 밥상은 차려 놓고 어디로 갔나 / 넙치지지미 맵싸한 냄새가 / 코를 맵싸하게 하는데 / 어디로 갔나 / 이 사람이 갑자기 왜 말이 없나 / 내 목소리는 메아리가 되어 / 되돌아온다 / 내 목소리만 내 귀에 들린다 / 이 사람이 어디 가서 잠시 누웠나 / 옆구리 담괴가 다시 도졌나, 아니 아니 / 이번에는 그게 아닌가 보다 / 한 뼘 두 뼘 어둠을 적시며 비가 온다 / 혹시나 하고 나는 밖을 기웃거린다 / 나는 풀이 죽는다 / 빗발은 한 치 앞을 못 보게 한다 / 왠지 느닷없이 그렇게 퍼붓는다 / 지금은 어쩔 수 없다고 배우자의 죽음을 아무렇지도 않게 받아들이는 것이 가능할까요? 중국의 철학자 장자는 아내가 죽었을 때 쟁반을 두드리며 노래를 불렀다고 해요. 장자의 이야기를 한번 들어 볼까요?

> 장자의 아내가 죽어서 혜자가 문상을 갔다. 장자는 마침 두 다리를 뻗고 앉아 질그릇을 두들기며 노래를 부르고 있었다. 혜자가 말했다.
> "아내와 함께 살고 자식을 키워 함께 늙은 처지에 이제 그 아내가 죽었는데 곡조차 하지 않는다면 그것도 무정하다 하겠는데, 하물며 질그릇을 두들기고 노래를 하다니 이거 심하지 않소!"
> 그러자 장자가 대답했다.
> "아니, 그렇지 않소. 아내가 죽은 당초에는 나라고 어찌 슬퍼하는 마음이 없었겠소. 그러나 그 태어나기 이전의 근원을 살펴보면 본래 삶이란 없었던 거요. 그저 삶이란 없었을 뿐만 아니라 본래 형체도 없었소. 비단 형체가 없었을 뿐만 아니라 본시 기(氣)도 없었소. 그저 흐릿하고 어두운 속에 섞여 있다가 변해서 기가 생기고, 기가 변해서 형체가 생기며, 형체가 변해서 삶을 갖추게 된 거요. 이제 다시 변해서 죽어가는 거요. 이는 춘하추동이 되풀이하여 운행함과 같소. 아내는 지금 천지라는 커다란 방에 편안히 누워 있소. 그런데 내가 소리를 질러 따라 울고불고한다면 하늘의 운명을 모르는 거라 생각되어 곡을 그쳤단 말이오."

장자의 일화를 읽어 보니 장자가 아내의 죽음을 슬퍼하지 않은 건 아닌 것 같아요. 단지 장자는 도교 사상을 연구하는 철학자였기 때문에 죽음을 받아들이는 방식이 보통 사람들과 달랐을 뿐이지요. 장자가 생각했을 때, '죽음'이라는 것은 우리가 알고 있는 것처럼 부정적인 것이 아니어서 두려워할 필요가 없다는 거예요. 장자는 죽음이 삶이라는 것을 생성할 수 있으며, 사는 자는 다시 죽을 수밖에 없다는 점을 인식하고 있었기 때문에, 아내의 죽음을 즐겁고 담담하게 받아들일 수 있게 된 것이지요.

철호는 왜 아내가 죽은 후
이를 두 개나 뺐나요?

두 개의 이, 두 개의 죽음

옛날부터 우리 민족에게 이가 빠지는 꿈은 죽음을 미리 알려 주는 꿈으로 알려져 있어요.

> 죽음을 예지해 주는 대표적인 꿈은 이빨이 빠지는 꿈이다. ……
> 다만 이빨이 빠지면 꼭 누군가가 죽는 것이 아니라 주변의 누가 병들거나, 해고를 당하거나, 사고를 당하는 등의 안 좋은 일로 실현되고 있는 경우가 있다. 옛사람들은 이빨의 꿈은 집안 식구들을 상징하는 것으로만 생각하고, 이빨이 빠지면 불길한 일이 일어날 것으로 여겼다.

위 글을 보면 이가 집안 식구를 상징한다고 하네요. 이나 집안 식구 모두 살아가는 데 꼭 필요한 것이라는 공통점 때문일 거예요. 그리고 입 안에 이들이 올망졸망 모여 있는 것처럼, 식구들도 올망졸망 모여서 삶을 꾸려 가기 때문에 그렇게 생각한 것인지도 모르겠네요.

그렇다면 철호가 치과에서 두 개의 이를 뺀 것은 그냥 충치 때문만은 아닐 수도 있어요. 두 개의 이가 아이를 낳다 죽은 아내와 권총 강도로 구속된 영호를 나타내는 것일 수도 있다는 말이에요.

두 가지 사건 가운데 아내의 죽음은 생리적·육체적 죽음이기에 이가 빠지는 것과 직접적인 관련이 있어요. 반면 영호 사건은 실제로 죽은 것은 아니기 때문에 이가 빠지는 것과 직접적인 상관은 없습니다. 하지만 권총 강도로 구속된 영호는 범죄자가 되었기 때문에, 사회에 나온다 하더라도 정상적인 삶을 살기는 어려울 거예요. 그렇다면 영호는 살아도 산 것 같지 않은, 즉 사회적 죽음 상태가 되었다고 할 수 있지 않을까요?

두 개의 충치

> 의사가 집게에 뽑아 든 이를 철호의 눈앞에 가져다 보여 주었다. 속이 시꺼멓게 썩은 징그러운 이뿌리에 뻘건 살점이 묻어 나왔다. 철호는 솜을 입에 문 채 머리를 좌우로 흔들어 보였다. 사실 아프지도 아무렇지도 않았다.

여기서 '속이 시꺼멓게 썩은 징그러운'이라는 표현은 철호의 심정을 말해 줍니다. 가난과 절망 속에서 동생과 아내를 잃은 철호의 심정을 나타낸 것이죠. 그래서 철호가 이를 뽑아서 그것을 보는 것은 숨겨져 있던 고통을 드러내는 행위라 할 수 있어요. 자기 속을 시꺼멓게 만들었던 현실을 보는 행위일 것이며, 그것을 뽑아 버리고 싶은 소망을 표현한 것입니다.

우리는 이를 통해 치통, 그것도 두 개의 충치가 주는 고통의 근원을 생각해 볼 수 있어요.

첫 번째는 가난이에요. 철호는 계리사 사무실에서 일해요. 누구보다도 성실하지요. 하지만 철호네 집안 사정은 그리 좋지 못해요. 여동생 명숙이 미군에게 몸을 팔아야 하고, 아내 병원비조차 없으며, 아이가 먹지 못해서 '누렇게 뜬 얼굴'을 하고 있을 정도니까요. 철호는 이런 가정 형편을 모두 자기 책임으로 여깁니다. 그리고 그것에 대해 많은 부담을 가지고 있지요. 다음 구절은 그것을 보여 주는 철호의 독백입니다.

'아들 구실, 남편 구실, 애비 구실, 형 구실, 오빠 구실, 또 계리사 사무실 서기 구실, 해야 할 구실이 너무 많구나. 너무 많구나.'

이처럼 한 집안의 장남이자 가장인 철호는 가난한 현실을 모두 자기 책임으로 여기면서도 그것을 힘겨워 하고 있어요. 철호가 가지고 있는 치통의 원인 가운데 하나는 바로 이처럼 자신을 힘들게 하는 가난입니다.

두 번째는 현실과 양심의 갈등이에요. 영호는 권총 강도를 하다 경찰에 잡혀요. 영호가 권총 강도를 하게 된 까닭은 가난 때문이지요. 열심히 일을 해도 가난한 형의 삶을 보면서 다른 탈출구를 찾았던 영호가 선택한 것이 범죄였어요.

그런 동생 영호와 달리 철호는 양심과 윤리를 지키며 살려고 했어요. 그에게 양심은 그 무엇과도 바꿀 수 없는 것이었지요. 영호는 그런 형에게 양심이란 가시 같은 것이라고 말합니다.

하지만 철호에게 양심은 그냥 뽑아 버릴 수 있는 것이 아니었던 것 같아요. 영호가 한 말에 "그건 역설이야." "마음 한구석이 어딘가 비틀려서 하는 억지란 말이다."라고 하잖아요. 이처럼 철호에게 '양심'이란 어떤 어려움 속에서도 결코 버려서는 안 되는 것이에요. 하지만 동시에 '손끝의 가시'처럼 고통을 주는 것이지요. 현실과 양심의 갈등. 이것이 또 다른 철호의 고통인 것입니다.

가장 콤플렉스

대한민국에 사는 남자들은 여러 가지 콤플렉스가 있다고 해요. 그중에는 '가장 콤플렉스'와 '장남 콤플렉스'라는 것이 있습니다. '가장 콤플렉스'는 한 집안의 가장인 남성이 항상 가족을 위해 시달리고 있는 것처럼 보이지만, 실은 자신이 희생해야 한다는 의무감에 시달리는 것을 말해요. '장남 콤플렉스'는 부계 가족의 계승자인 장남들이 갖는 콤플렉스로 가족들에게 어려운 것을 말해서는 안 되고, 자신을 믿고 의지하는 가족들의 기대를 꺾어서도 안 된다는 신뢰와 기대감으로 인해 심적 부담을 느끼는 것입니다. 이러한 콤플렉스는 특히 우리나라 남자들에게 심하다고 하는데, 이는 아마도 남성 중심의 가부장제라는 전통 때문일 것입니다.

철호는 죽은 것일까요?

소설 마지막에서 철호가 피를 흘리며 서서히 정신을 잃어 가는 모습을 보면서 우리는 철호가 죽을지도 모른다는 생각을 하게 됩니다.

철호는 아내가 죽은 다음 의사의 만류에도 불구하고 이를 두 개나 뽑아요. 왜 그럴까요? 아마도 자기 삶을 포기하려고 했던 것 같아요. 왜냐하면 극도의 정신적 공황 상태에서 그런 행동을 했기 때문이죠. 철호가 실제로 죽었는지 아니면 기절했는지 알 수 없지만, '죽음'의 이미지가 느껴지는 건 사실이에요.

이 소설에서 '죽음'은 사건이 전개되는 동안 여러 곳에서 모습을 드러내요. '시체'나 다름없는 철호 어머니는 정신 이상 상태에서 "가자!"라는 외침만 되풀이해요. 육체는 살아 있어도 정신은 죽어 있는 것이죠. 그리고 권총 강도로 구속된 영호는 앞으로 정상적인 사회생활을 하기가 어려운, 일종의 '사회적 죽음'을 맞은 것이라고 볼 수 있어요. 또 미군에게 몸을 파는 명숙도 영호와 마찬가지로 평범한 삶을 살기 힘든, '사회적 죽음' 상태입니다.

이런 죽음의 기운이 아내의 죽음으로까지 이어져요. 하지만 아내의 죽음은 이미 예정되어 있던 것인지도 몰라요. '벙어리'도 아닌데 말이 없고, 집에 들어온 철호 앞을 '몽유병자'처럼 지나가고, '둔한 동물처럼' 되어서 '아무런 희망'도 가져 보려 하지 않았으니까요. 그저 목숨이 붙어 있어서 숨만 쉬고 있었을 뿐이었던 것이지요.
　그러면 딸아이는 어떨까요?

　　문틈으로 새어 들은 달빛이 철호의 옆에서 잠든 딸애의 머리에서부터 발끝까지 죽 파란 줄을 그었다.

　'파란 줄'은 마치 '시퍼런 칼날'을 떠올리게 합니다. 그 칼날이 '머리에서 발끝까지 줄을 그었다'는 건……, 마치 공포 영화를 보는 듯한 느낌을 주네요. 혹시 아이의 죽음을 암시하는 건 아닐까요? 만약 그렇다면 소름 끼칠 정도로 오싹한 표현이네요.
　이 소설에는 죽음의 이미지가 가득합니다. 왜 그럴까요?
　소설 속 인물들에게 미래가 없기 때문일 것입니다. 열심히 일을 해도 가난에서 벗어날 수 없고, 강도짓으로도 답이 나오지 않아요. 그리고 자신들을 비참하게 만든 현실에 맞설 힘도 없고요. 영호가 저지른 강도짓은 저항이 아니라 자신을 파괴하는 행위일 뿐입니다.
　그래서 이 소설을 읽고 나면 가슴이 답답해지고, 우울함을 느낄 수밖에 없는 겁니다.

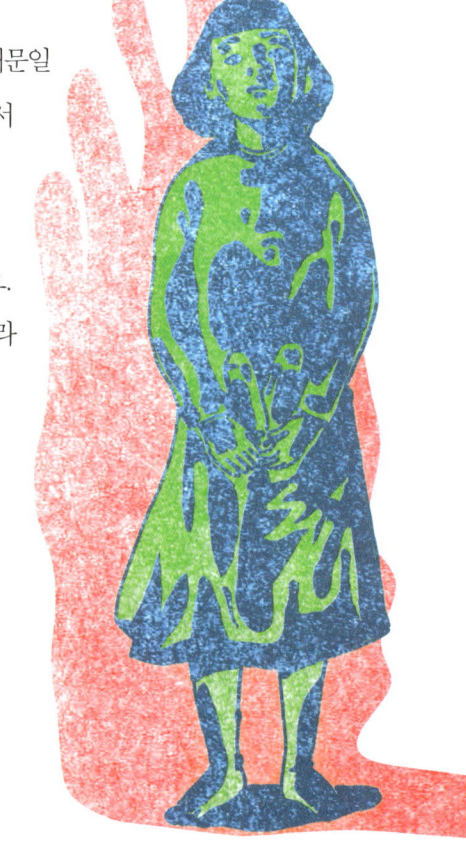

넓게 읽기

작품 밖 세상 들여다보기

시대

작가

작품

이범선의 생애와 작품 연보, 작가 더 알아보기

1955~1960년

'한국 전쟁'을 소재로 한 소설

어머니가 "가자"라고 외치는 곳은 어디일까?

독자

작가 이야기
이범선의 생애와 작품 연보

1920(12월 30일) 평남 안주군 신안주에서 대지주인 아버지 이계하와 어머니 유심건의 5남 4녀중 둘째로 태어남.

1938(19세) 진남포공립상공학교를 졸업하고 평양에서 은행원으로, 만주에서 회사원으로 근무함.

1943(24세) 신안주 금융조합에 취직하여 홍순보와 혼인을 하고 일제 징용을 피해 평안북도 풍천 탄광의 경리부에서 일을 함.

1945(26세) 광복이 되자 월남하여 동국대학교 전문부에 입학함.

1949(30세) 동국대학교 전문부를 졸업함.

1950(31세) 한국 전쟁이 발발하자 거제도로 피란을 가서 거제고등학교에서 3년간 교사 생활을 함.

1954(35세) 이때부터 고등학교 교사와 대학교 교수를 하면서 소설을 창작함. 하지만 경제적으로는 매우 어려워 전세방을 전전하였음.

1955(36세) 단편 〈암표〉와 〈일요일〉이 김동리의 추천으로 《현대문학》에 실리면서 등단을 하고 본격적으로 소설 창작을 시작함.

1957(38세) 단편 〈학마을 사람들〉을 발표함.

1958(39세) 창작집 《학마을 사람들》로 제1회 현대문학상 신인상을 수상함.

1959(40세) 단편 〈오발탄〉을 발표하고 창작집 《오발탄》을 출간함.

1961(42세) 〈오발탄〉으로 동인문학상과 오월문예상을 수상함.

1963(44세) 창작집 《피해자》를 출간함.

1967(48세)　단편 〈춤추는 선인장〉을 발표함.

1968(49세)　한국외국어대학교 전임 강사로 부임함.

1970(51세)　〈청대문집 개〉로 제5회 월탄문학상을 수상함.

1977(58세)　한국외국어대학교 정교수가 됨.

1980(61세)　〈당원의 미소〉, 〈밤에 핀 해바라기〉 등 다수의 소설을 발표함. 대한민국예술상을 받음.

1981(62세)　2월 28일에 뇌출혈로 졸도하였으며, 3월 13일 결국 사망함.

1961년 유현목 감독이 이범선의 〈오발탄〉을 원작으로 하여 만든 영화.

작가 더 알아보기

〈오발탄〉의 창작 동기와 '오발탄'의 행방

문: 작품이 이루어진 발단은 무엇인가요?
답: 그 작품의 구상은 두 개의 메모를 정리하면서 시작되었습니다. 메모 중의 하나는 거제도 장승포중학교에 근무할 때 얻은 것인데, 출근하는 길목에서 매일 듣게 되는 미친 할머니의 일정한 간격으로 누군가를 부르는 소리, 알고 보니까 그 할머니는 하나 있던 아들을 전쟁에서 잃었다고 하더군요. 또 하나의 메모는 어느 이른 봄날 오후 손을 씻다가 얻은 것입니다. 대야의 물이 차가워서 손가락 끝부터 조금씩 담그는데, 손끝에서 잉크물이 피어나더군요. 파란 명주실같이 풀려나는 그 잉크 물을 보는 순간 문득 피가 연상되었습니다. 잉크가 손끝에 묻은 것이 아니라 생활하다 입은 상처 때문에 내부에서 피가 엉겼다가 물에 풀리는 것이라는, 그 연상을 메모했던 것이 작품 구상의 발단이었습니다.

위에 인용한 작가 인터뷰에서 알 수 있듯이 작가는 이 작품의 창작 동기로 두 가지를 언급했어요. 하나는 출근하는 길목에서 매일 듣게 되는, 미친 할머니가 일정한 간격으로 누군가를 부르는 소리입니다. 그리고 다른 하나는 일과를 끝내고 손을 닦다가 파란 잉크 물에서 피를 연상했던 일이에요.

창작 동기에서 드러난 미친 할머니의 모습은 작품 속에서 철호 어머니의 모습으로 나타나요. 철호 어머니는 고향이 그리워서 '가자'를 반복적으로 외치며 정신 이상의 증세를 보입니다. 소중한 것을 잃고 정신 이상 증세를 보이며 반복되는 말을 한다는 점에서 두 할머니는 참 유사하지요? 잉크 묻은 손을 씻으며 피를 연상한 일은 작품의 전반부에서 철호가 하루 일과를 마치고 손을 씻는 장면에 고스란히 반영되어 있어요. '생활하다 입은 상처 때문에 내부'에서 엉겨 버린 피는 철호의 생활고와 내면의 아픔을 그대로 보여 줍니다.

작가는 이 작품을 발표한 후에 두 가지 큰 사건을 겪었어요. 하나는 이 작품의 끝부분에 나오는 "난 네 말대로 아마도 조물주의 오발탄인지도 모른다."라는 철호의 독백 때문에 기독교 계통의 학교에서 사직하게 된 사건입니다. 전지전능한 신이 인간을 오발탄으로 만들었다는 것은 하나님에 대한 모독이라고 판단한 학교 측이 사직을 강요했고, 결국 작가는 사표를 내게 되었지요. 다른 하나는 이 작품을 영화로 만들겠다는 제안이 들어온 일입니다. 작가는 이 제안을 받아들였고, 1961년 유현목 감독은 영화 〈오발탄〉을 완성했어요. 그러나 이 영화는 처음에 상영 금지 처분을 당합니다. 작가는 이에 대해 다음과 같이 말했어요.

"능력 없는 의사에게 맡겨진 중환자라고나 할까요? 만신창이 환자 같은 그 영화가 관객에게 보여질 경우 객석에서는 수술하라는 고함이 터질 것이 당연한데 수술을 감당할 능력도 성의도 없고 하니 그냥 덮어 둬 버리자는 그 생각이 영화 상영을 막은 거죠."

그 후 이 영화가 '샌프란시스코 영화제'에 진출하자 상영 금지가 풀리기는 했지만, 작가의 위 말에서 우리는 작가의 현실 인식을 볼 수 있어요. 전후 사회는 감당하기에는 너무 버거울 만큼 많은 문제를 품고 있었고, 사회는 그것을 개선하기에는 의지도 능력도 모자랐다는 것이지요. 그 시대에서 50년 넘게 흘러온 현재, 우리는 오발탄 같은 삶에서 과연 얼마만큼 멀어져 있을까요? 또 작가가 말한 철호가 처했던 '인간 상실의 시대'에서 정말 벗어난 것일까요?

나의 설계 - 살아갈 의욕뿐 (이범선)

"우물로 한곳을 파야 물이 나오는 법이지. 애가 왜 그렇게 고집이 없느냐?"

돌아가신 어머님이 생전에 늘 날더러 하시던 말씀이다. 그런데 나도 실은 어지간히 고집이 세고 끈기 있는 놈이라고 생각한다.

그 증거로는 꼭 같은 짓을 하루도 빼어 놓지 않고 13,000여 회나 꾸준히 해 왔으니 말이다.

나의 인생 3분의 2는, 아니 어쩌면 5분의 4는 꼭 같은 동그라미로 꽉 차 있다. 꼭 같은 동그라미 말이다. 출근, 퇴근, 출근, 퇴근……. 그 크기도 모양도 정말 조금도 틀리지 않는 동그라미로 꽉 찼단 말이다.

생각하면 용케도 오늘까지 참고 그 짓을 되풀이해 왔다고 스스로 자기 끈기에 놀란다. 이제는 정말 싫증이 났다.

뭔가 딴 것을 좀 그려 보고 싶어졌다. 동그라미 아닌 것. 아니 기어이 동그라미라야 된다면 그 크기라도 좀 다른 것. 작든가 크든가. 정말이지 이제 더는 꼭 같은 동그라미를 그릴 수는 없다. 차라리 여백에 낙서라도 하고 싶다.

우물에 물은 안 나도 좋다. 도시 이거 살기는 살아온 건가. 분명히 숨을 할딱할딱 쉬고 있으니까 살아 있기는 있는 모양인데, 정말 살고 있는 건가 말이다.

맨날 남의 대가리로 자기의 팔다리를 허우적허우적 놀리고 있으니. 천하에 바보 맹추 같은 녀석이.

제법 300환씩 주고 이발을 하면서 그놈의 대가리는 그래 무슨 치레거리로나 달고 다니나?

어쨌든 남의 세상에 덤으로 태어난 것이 아닌 이상에야 한 번쯤은 제 짓을 하면서 좀 살아 보아야 할 게 아닌가.

살아 보고 싶다. 그렇다고 오늘은 무엇을 하고 내년에는 무엇을 어떻게 하고 하는 따위 지저분한 헛수작은 싫다. 그건 출근, 퇴근하는 월급쟁이 수십 년에 진력이 났다.

그저 여백 첫머리에다 '살아 보자' 하고 쓴다. 더도 말고 제 밥줄은 제 손에 쥐고 제멋대로 제 짓을 하며 좀 살아 주었으면 하는 것이다. 이것이 나의 여백 인생 설계다. 아니 여백 인생 과제이다.

- 《동아일보》 1962년 5월 24일 자

시대 이야기 # 1955~1960년

해방 십 년의 특산물 - 양공주

위로는 고급 주택에 정식 부인으로 들어앉은 '양부인'으로부터 밑으로는 궤짝 같은 판잣집 곁방살이를 하는 '양공주'에 이르기까지 그 수효는 등록이라도 시켜 보기 전엔 알아낼 도리가 없겠지만, 한참 번창하였을 때는 이만 명을 넘었다고 한다. 외인 군대를 전문으로 상대하는 여자를 한마디로 '양갈보'라고 부르지만, 그 중에는 깨끗한 애정으로 맺어져 혼혈의 아들딸을 기르며 부부 생활을 하는 '정숙파'도 있는가 하면, 흔히 서너 명의 특정된 상대자와 교묘하게 시간표를 짜서 교대 근무를 하는 약빠른 '팔방미인파'도 있고, 심지어는 외국인이면 누구든지 닥치는 대로 상대하는 '마구잡이파'도 있다. 어쨌든 이것도 해방의 '특산물'임에는 틀림이 없은즉, 양공주라면 모두가 사회에서 버림받는 타락한 비극의 여성군이지만 허영과 금욕에 눈이 어두워 뛰어든 극소수의 일부 탈선 여자 이외의 대부분은 불가피한 생활 사정으로 몸을 팔게 된 기막힌 '요(要)구호 대상자'들이다. 양공주로 한 재산 톡톡히 만들어 여생을 윤택하게 살아 보겠다는 욕심은 어느 누구나 다 가졌던 야심이겠지만 보기에는 풍성한 듯하면서도 실상 별로 실속이 없어 미군들이 닥치는 대로 들고 나오는 물품으로 지불되는 수입이 그러한 저축의 여유를 줄 수는 없었으니 몇몇 소수의 특급 양공주 외에는 아무리 재주를 피워도 끝내 요구호자의 대상에서 벗어나지 못하고 있다. (1955)

불우한 용사들에게 성의 있는 원조를

수많은 상이군인들이 어떠한 생활과 어떠한 서러움을 받고 있는지 상이군인의 일원으로서 전 국민에게 알리려고 합니다. 자유와 민족을 위해 최전선에서 용감하게 싸우다가 불행히도 날아오는 적의 흉탄에 맞아 명예의 부상을 입은 우리 상이군인에 대해서는 국가가 그 생활을 돌보아 주어야 할 것이며, 국민 전체가 그 모자라는 점을 보충시켜 주어야 할 것은 물론입니다. 그러나 아무리 나라가 가난하고 전시에 처해 있다 하지만 좀 더 국민 자체와 국가에서 힘을 써 주신다면 이처럼 우리 상이군인들이 불우한 처지에 처해 있지는 않으리라고 믿습니다. 정부와 국민이 성의 있게, 그야말로 내 눈동자 아끼듯이 우리를 아껴 주시면 우리 앞날의 개척에 큰 서광이 비치리라 생각합니다. (1956)

역사신문 1900년 0월 0일

월남 동포 보내라고 발악하는 순간…

판문점 비무장지대에서 군사정전위원회 96차 본회의가 열린 ○○일, 괴뢰 기자들은 감시원들의 매서운 눈초리를 받아 가며 종전과 다름없이 유엔 측 기자들에게 공산 선전 간행물의 '무료 배포'를 하고 있었다. 공산 대표 강상호가 핏대줄을 세워 가며 "실향민과 실업자들을 북한으로 돌려보내라"고 한참 악을 쓰고 있을 때 북한의 한 기자가 살며시 극적 망명을 했다. 이러한 사실을 전연 모르고 열심히 정치적 선전을 하는 공산 기자에게 "그러면 왜 너희 측 한 명이 망명했느냐"고 넌지시 일침을 가하자 그는 "거짓말 마시오. 그럴 리 있겠소." 하고 시치미를 딱 떼는 꼴이 가소로웠다. 대화가 끝나자 그는 이를 확인하려는지 한 괴뢰 장교와 수군수군하고 난 후 그 장교는 기자 한 명이 행방불명된 것을 알고 몹시 당황하는 빛이었다. (1959)

판잣집 철거 대항하다 맞아 죽어

남의 땅에 판잣집을 짓고 살던 가난한 행상이 엄동설한에 강제로 집을 허는 수십 명의 인부들과 대항 끝에 맞아 죽고 말았다. 김 장사를 하며 근근이 살아가던 양씨 집에 약 50명의 인부들이 달려들어 양씨(48세) 집을 비롯한 부근 판잣집을 강제 철거하기 시작했다. 이 일대의 대지를 불하받은 김씨(53세)가 이날 인부를 동원하여 불법적인 철거를 한 것이다. 주민들과 인부들 사이에 옥신각신이 벌어져 온몸에 부상을 입은 양씨는 근처에 있는 병원에서 응급 치료를 받고 집으로 돌아와서 약을 달여 먹었으나 끝내 사망하고 말았다. 부서진 판자 조각을 주워 모아 겨우 찬바람을 막으며 남편의 시체를 부둥켜안고 부인 함씨(34세)는 눈물마저 말라 버린 얼굴로 멍하니 넋을 잃고 있다. (1960)

개보다 못한 서민

엮어 읽기

'한국 전쟁'을 소재로 한 소설

1. 손창섭의 〈비 오는 날〉(1953)

손창섭의 〈비 오는 날〉은 한국 전쟁 이후 절망적인 사람들의 모습을 그린 작품이에요. 동욱, 동옥 남매와 동욱의 친구 원구. 이렇게 세 사람이 중요 인물이에요.

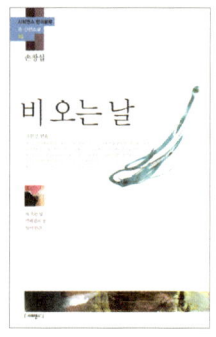

　동욱은 미군 부대를 찾아다니며 초상화 주문을 받아서 여동생 동옥에게 초상화를 그리게 하여 먹고 살아가요. 소학교부터 대학까지 같이 다닌 동욱의 친구 원구는 리어카에 잡화를 싣고 장사를 하는 인물이에요.
　사십 일이나 계속된 장마가 시작된 어느 날 원구는 비에 진득진득해져 걷기 힘든 비탈길을 따라 동욱의 집을 방문해요. 동욱의 집은 다 쓰러져 가는 목조 건물로, 창문에는 유리조차 없어 들이치는 비를 막기 위해 가마때기가 드리워져 있는 폐가와도 같은 집이었어요.

> 동욱이가 들어 있는 집은 인가에서 뚝 떨어져 외따로이 서 있었다. 낡은 목조 건물이었다. 한 귀퉁이에 버티고 있는 두 개의 통나무 기둥이 모로 기울어지려는 집을 간신히 지탱하고 있었다. 기와를 얹은 지붕에는 두

세 군데 잡초가 반 길이나 무성해 있었다. 나중에 들어 알았지만 왜정 때는 무슨 요양원으로 사용되어 온 건물이라는 것이었다. 전면은 본시 전부가 유리 창문이었는데 유리는 한 장도 남아 있지 않았다. 들이치는 비를 막기 위해서 오른편 창문 안에는 가마니때기가 드리워 있었다. 이 폐가와 같은 집 앞에 우두커니 우산을 받고 선 채, 원구는 한동안 움직이지 않았다. 이런 집에도 대체 사람이 살고 있을까? 아이들 만화책에 나오는 도깨비집이 연상되었다.

한참 만에 원구를 기억한 동옥은 조소가 섞인 우울한 미소를 보일 뿐이에요. 비가 여기저기 새는 방 안에서 동욱의 식사 준비를 기다리는 동안 원구는 동옥이 왼쪽 다리가 불구라는 사실을 알게 돼요. 그 뒤로 비가 와서 장사를 할 수 없는 날이면 원구는 자주 동욱의 집을 찾아가요. 불구인 신체처럼 불구적인 성격으로 대하던 동옥의 태도도 조금씩 부드러워져요. 세 번째 찾아가던 날은 비가 하도 세차게 퍼부어서 그 집에서 묵게 되었는데 동욱은 잠꼬대처럼 동옥과 결혼할 용기가 있는지 원구에게 물어보아요.

여전히 장맛비가 계속되던 어느 날 동욱의 집을 방문한 원구는 동옥이 집주인에게 이만 환이나 되는 돈을 뜯겼다는 말을 들어요. 장마가 계속되던 어느 날 원구는 동욱이네 집에 찾아가지만 동욱은 열흘 전에 외출한 채 소식이 없고, 동옥도 집을 나간 지 이삼 일 되었다는 소식을 듣고 그 집을 나와요. 돌아서 내려오는 원구는 자신을 향해 "내가 동옥을 팔아먹었구나." 하는 흥분한 소리가 날아오는 것 같은 착각에 오한을 느끼면서 소설이 끝나요.

〈비 오는 날〉은 〈오발탄〉처럼 작품 속 인물들이 전쟁 전에는 잘살고, 교육도 많이 받았으나 전쟁을 겪으면서 삶의 질이 떨어지고 성격도 불구처럼 변한다는 점에서 비슷하다고 볼 수 있어요. 그리고 소설의 끝에서 주인공들이 긍정적이지 않고 부정적인 결말을 보여 준다는 것도 공통점이라 할 수 있어요. 두 작품을 통해 지금을 사는 우리는 그 당시의 우울한 상황을 간접 체험할 수 있답니다.

2. 이호철의 〈탈향〉(1955)

이호철의 〈탈향〉은 한국 전쟁 이후 고향을 잃은 사람들의 애환을 그리고 있어요. 중국군이 밀려 내려온다고 하는 바람에 '나'는 같은 마을 사람인 '광석', '두찬', '하원'과 함께 엉겁결에 배 위에 올랐다가 부산에서 힘겨운 피란살이를 하게 됩니다. 살 곳이 없었던 그들은 화차에 올라 불안한 생활을 해야 했어
요. 당시에는 시커먼 연기를 뿜으며 달리는 증기 기관차를 '화차'라고 불렀는데, 그들이 머물던 화차는 언제 출발할지 모르는 불안정한 공간이었기 때문에 임시 거처의 역할밖에 할 수 없었지요.

하룻밤 신세를 진 화차 칸은 이튿날 곧잘 어디론가 없어지곤 했다. 더러는 하루 저녁에도 몇 번씩 이 화차 저 화차 자리를 옮겨 잡아야 했다. 자리를 잡고 누우면 그런대로 흐뭇했다. 나이 어린 나와 하원이가 가운데, 두찬이와 광석이가 양 가장자리에 눕곤 했다.

이상한 기척이 나서 밤중에 눈을 떠 보면, 우리가 누운 화차 칸은 또 화통에 매달려 달리곤 했다.

"야 야, 깨 깨, 빨릿……."

자다가 말고 뛰어내려야 했다. 광석이는 번번이 실수를 했다. 화차 가는 쪽으로가 아니라 반대쪽으로 뛰곤 했다. 내리고 보면 초량 제 4두부 앞이기도 했고 부산진역 앞이기도 했다. 이 화차 저 화차 기웃거리며 또 다른 빈 화차를 찾아들어야 했다.

화차를 타고 내리며 고된 떠돌이 생활을 하던 그들도 고향을 생각하는 동안만큼은 행복했어요. 하얗게 함박눈이 내리던 고향, 잘 웃던 이웃집 형수의 웃음이 기억 속에 환하게 박혀 있는 고향을 그들은 절대 잊을 수 없었을 거예요. 〈오발탄〉의 '어머니'가 그랬던 것처럼 말이죠.

그들은 모두 각자의 상상 속에서 고향으로 돌아가는 꿈을 꾸고 있지만, 이들이 살고 있는 현실은 꿈과는 다르게 참혹했어요. 광석이 화차에서 실족하여 죽는 사건을 계기로 이들의 관계는 소원해지기 시작해요. 생활이 극도로 어려워지면서 같은 고향이라는 공동체 의식만으로는 어찌해 볼 수 없는 현실의 이해관계가 그들의 유대를 갈라놓게 된 것이지요. 결국 두찬은 광석이 죽은 후 이들을 버리고 도망했으며, '나' 역시 하원을 버리고 도망할 궁리를 하는 것으로 작품이 마무리된답니다.

3. 송병수의 〈쑈리 킴〉(1957)

한국 전쟁 때 다치거나 죽은 사람들이 셀 수 없이 많았어요. 전쟁터에 나가 싸운 군인들은 말할 것도 없고, 포탄과 총알에 맞아 죽거나 다친 사람들이 한둘이었겠어요. 그래서 부모를 잃은 불쌍한 아이들도 많이 생겨났지요. 이 소설은 바로 그 전쟁고아들이 미군 부대에 흩어져 살면서 일어나는 이야기를 다루고 있습니다.

'쑈리 킴'이란 제목은 이 소설에 나오는 10대 초반의 고아 아이를 가리키는데, 미군들이 그 아이들 부르는 호칭이에요.

한국 전쟁 중에 고아가 된 쑈리 킴은 못된 짓만 시키는 왕초 밑에서 같이 있던 딱부리를 꾀어 도망쳐 나왔습니다. 하지만 교통순경에게 잡혀서 고아원으로 들어갔는데 그들은 거기에서 탈출해서 미군이 주둔하고 있는 곳으로 갔지요. 그곳에서 딱부리는 하우스 보이가 되고 쑈리 킴은 '따링'이라 불리는 여자를 미군에게 소개해서 관계를 맺게 해 주는 일을 하게 돼요. 그녀는 쑈리 킴을 친동생처럼 아껴 주며 구덩이에서 함께 생활합니다.

그러던 어느 날 미군 헌병이 와서 따링을 잡아 차에 태워 어디론가 갔어요. 쑈리 킴은 이것이 딱부리의 고자질 때문이라고 생각하고 그를 찾아가 심하게 싸우는 도중에, 따링이 힘들게 벌어서 구덩이에 숨겨 둔 돈을 찔뚝이가 훔쳐서 갖고 나오는 것을 보게 됩니다. 그리하여 쑈리 킴과 딱부리는 하나가 되어 그를 물리치고 쑈리 킴은 서울로 도망쳐요.

다음이 바로 이 소설의 끝 부분인데, 쑈리 킴의 마음을 가장 잘 보여 주고 있습니다.

이젠 이곳 양키 부대도 싫다. 아니, 무섭다. 생각해 보면 양키들도 무섭다. 불도그 같은 놈은 왕초보다 더 무섭고, 엠피는 교통순경보다 더 밉다. 빨리 이곳을 떠나 우선 서울에 가서 따링 누나를 찾아야겠다. 그 마음 착한 따링 누나를 다시 만날 수 있다면야 까짓 달러 뭉치 따위, 그리고 야광 시계도 나일론 잠바도 짬방 모자도 그따윈 영 없어도 좋다. 그저 따링 누나를 만나 왈칵 끌어안고 실컷, 실컷 울어나 보고. 다음에 아무 데고 가서 오래 자리 잡고 〈저 산 너머 해님〉을 부르며 마음 놓고 살아 봤으면……

절뚝이가 죽지 않고 살아날까 봐 걱정이다. 그놈이 살아나기만 하면 아무 데를 가도 아무 때고 그놈이 손에 성해 나진 못할 것이다. 왜 그놈의 대갈통을 으스러 버리지 못했는지 모르겠다.

다시 읽기

어머니가 "가자!"라고 외치는 곳은 어디일까?

〈오발탄〉의 작가인 이범선은 평안남도에서 태어났는데, 해방 후 1946년에 남한으로 넘어왔어요. 월남하여 서울에 정착한 이범선은 정지용의 시 〈고향〉을 즐겨 읊었다고 해요. 얼마나 이 시를 사랑했던지 자신이 일하는 직장의 책상에 삽화까지 그려 넣어 꽂아 놓을 정도였어요. 이러한 작가의 고향에 대한 그리움은 이 소설에서 미친 어머니의 음성에 실려 독자의 가슴을 먹먹하게 만듭니다.

어머니는 "가자!"라는 말을 딸꾹질과 같은 생리적 현상처럼 자신의 의지와 상관없이 외쳐 대지만, 정작 '어디로 가자'는 것인지에 대한 말은 없습니다. "가자!"라는 외침 외에는 아무 말도 없는 어머니, 그런데 어머니는 어디를 가자고 하는 걸까요? 그곳은 바로 어머니가 떠나온 '고향'이에요. 어머니는 그 고향에서 "무슨 하늘이 알 만치 큰 부자는 아니었지만 그래도 꽤 큰 지주로서 한 마을의 주인격으로 제법 풍족하게 평생"을 살아왔어요. 그러다가 월남하여 극심한 궁핍에 시달리며 인간답지 못하게 살아가니 고향이 그리운 것은 당연하겠지요. 그래서 어머니는 정신 이상이 생기기 전부터 입버릇처럼 '고향'으로, '옛날'로 돌아가자고 말했어요.

그런데 어머니는 왜 풍족하게 살던 고향을 버리고 월남하여 실향민이 되었을까요? 철호네가 살던 북한에서는 1946년에 토지 개혁이 이루어졌어요. 이 토지 개혁에서 소작을 줄 만큼 많은 땅을 가진 사람들이 국가에 땅을 빼앗기게 됩니다. 이러한 일은 철호네처럼 북한에서 지주였던 사람들이 월남하게 된 주요 동기가 돼요. 여기서 철호네와 비슷한 상황에 있었던 오순정 씨의 증언을 한번 들어 보죠.

> 부친은 회갑까지는 진남포에 상주하면서 큰 무역(그때는 주로 쌀)을 하다가 말년에 귀가하여 새 집도 짓고, 과수를 심는데 10여 년간 정열을 쏟으셨던 것 같다. …… 그러나 해방 후 공산 치하가 되자 우리 집은 '농민을 착취한 대지주'라고 이주 명령을 받고 그 고장에서 몽땅 쫓겨났다. …… 황해도 풍천에 남겨 두고 온 우리 집은 어떻게 변했을까 궁금하던 차에 수백 석씩 들어가는 여러 개의 곡식 창고는 남자 중학교와 여자 중학교 교실로 사용되고, 우리가 살던 안채는 사무실로 사용된다는 소식을 월남 후 들을 수 있었다.

그럼 철호 어머니는 월남 후에도 북한에서와 같은 풍족한 삶을 누릴 수 있었을까요? 아니에요. 철호네처럼 북한에서는 지주였지만 월남 후 북한에서와 같은 삶을 누리지 못한 사람들이 이 시기에 많았어요. 왜냐하면 이들의 삶의 기반이었던 토지는 월남할 때 떼어 올 수 있는 것이 아니기 때문이에요. 그래서 이들은 월남하여 철호네처럼 주로 수도권에 정착한 후에 도시 노동자가 되었어요. 옛날에 고향에서 누리던 삶을 잃고, 사람 사는 꼴을 유지하지 못하고 절대적 빈곤에 시달리며 살고 있으니, 어머니가 풍요롭던 고향을 그리워하는 것은 어쩌면 당연하겠지요.

그런데 어머니는 그렇게 풍요로웠던 고향으로 왜 가지 못할까요? 어머니가 오해했던 것처럼 철호가 고약한 불효자이기 때문일까요? 아닙니다. 그것은 철호의 어머니가 결코 이해하지 못한 삼팔선이라는 '담' 때문입니다. 즉, 남과 북이 분단된 상황이기 때문에 어머니는 고향으로 돌아갈 수 없는 것이에요. 철호 어머니는 "용산 일대가 폭격으로 지옥처럼 무너져 나가던 날" 고향으로 돌아갈 가능성이 아예 사라져 버렸다는 것을 깨닫고는 결국 미쳐 버립니다. 그렇게 정신 이상이 된 후에도 끊임없이 어머니가 "가자!"라고 외치는 것은 고향으로 돌아가고 싶은 마음이 그만큼 크다는 것을 보여 주는 것이지요. 동시에 "가자!"라는 외침은 어머니의 그러한 바람을 좌절시키고 있는 분단된 우리의 현실을 떠오르게 하며, 분단의 비극을 고발하고 있습니다.

그렇다면 월남한 다른 실향민들도 고향을 그리워할까요?

우리나라의 월남 실향민을 대상으로 한 여론조사(동화연구소, 1995)에서 월남인 1세대들에게 "통일이 되면 고향으로 가겠는가?"라고 물었더니 조사 대상의 60퍼센트 가까운 사람들은 고향으로 돌아가는 것에 대해 회의적으로 답했습니다. 이들은 월남 실향민이 된 지 오래되어 이미 남한에 삶의 뿌리를 내리고 있습니다. 그래서 통일이 되더라도 계속 남한에 남아 살기를 희망하는 것입니다. 죽어서나마 고향 땅에 묻히고 싶어 하기도 하지만, 떠난 기간이 길어 질수록 고향으로 다시 돌아가 적응하며 살기도 어렵다는 것을 알고 있는 것이에요.

아래 글을 보니 〈오발탄〉의 작가 역시 이러한 것을 알고 있었던 듯합니다.

그러나 그 고향의 그리운 그림자를 현실과 착각하는 것도 곤란한 일이 아닐 수 없다. 과거를 잊어버리는 것도 경계해야 할 일이겠으나 과거를 현재에다 덧놓아서 무엇을 따지려는 것도 또한 딱한 일이다.
어쨌든 고향이란 좋은 곳이다.
그리운 사람과 산천이 있는 곳. 그러나 그 사람, 그 산천이 이미 없어졌다면, 그 고향이란 내게 과연 무엇일까?

고향 역시 '그 산천'과 '그리운 사람'이 있을 때 의미 있는 공간이라고 작가는 말합니다. 그 의미 있는 공간을 찾아 주기 위해 지금 우리는 무엇을 하고 있을까요?

참고 문헌

도서

김귀옥,《월남인의 생활 경험과 정체성》, 서울대학교출판부, 1999.
김성규·정승철,《소리와 발음》, 한국방송통신대학교출판부, 2005.
박덕유,《학교문법론의 이해》, 역락, 2006.
변형윤 외,《분단 시대와 한국 사회》, 까치, 1985.
한국사회학회,《한국전쟁과 한국 사회 변동》, 풀빛, 1992.

연구 논문

김미진, 〈이범선 소설 연구: 분단 현실의 수용과 대응 양상을 중심으로〉, 서울여대, 2000.
김차균, 〈북한의 문화어 음운 연구의 성과〉, 1991.
김현숙, 〈한국 근현대 미술에 나타난 '고향' 표상과 고향 의식〉, 2006.
김효석, 〈전후 월남 작가 연구: 월남민 의식과 작품과의 상관관계를 중심으로〉, 중앙대, 2005.
동화연구소 엮음, 〈동화연구소 주관 실향 50년 특별여론 조사〉,《월간동화》8월호, 1995.
서명숙, 〈전후 소설에 나타난 여성 인물 연구〉, 동아대, 2002.
천효진, 〈오발탄의 공간과 인물에 대한 연구〉, 홍익대, 2007.
현숙 쉬로키, 〈중년기 여성의 우울증에 관한 연구〉, 총신대, 2008.

선생님과 함께 읽는 오발탄

1판 1쇄 발행일 2010년 8월 11일
1판 9쇄 발행일 2025년 12월 15일

지은이 전국국어교사모임

발행인 김학원
발행처 (주)휴머니스트출판그룹
출판등록 제313-2007-000007호(2007년 1월 5일)
주소 (03991) 서울시 마포구 동교로23길 76(연남동)
전화 02-335-4422 **팩스** 02-334-3427
저자·독자 서비스 humanist@humanistbooks.com
홈페이지 www.humanistbooks.com
유튜브 youtube.com/user/humanistma
인스타그램 @humanist_insta

편집책임 문성환 **편집** 윤무재 **디자인** 김태형 반짝반짝 **일러스트** 이철민
용지 화인페이퍼 **인쇄** 청아디앤피 **제본** 민성사

ⓒ 전국국어교사모임, 2013

ISBN 978-89-5862-652-7 44810

- 이 책은 저작권법에 따라 보호받는 저작물이므로 무단 전재와 무단 복제를 금합니다.
- 이 책의 전부 또는 일부를 이용하려면 반드시 저자와 (주)휴머니스트출판그룹의 동의를 받아야 합니다.